Matthias Jacob Schleiden

Matthias Schleiden mit Biographie und Portrait

Matthias Jacob Schleiden

Matthias Schleiden mit Biographie und Portrait

ISBN/EAN: 9783743406780

Hergestellt in Europa, USA, Kanada, Australien, Japan

Cover: Foto ©Raphael Reischuk / pixelio.de

Weitere Bücher finden Sie auf **www.hansebooks.com**

SCHLEIDEN

Meyers

Groschen-Bibliothek

der

Deutschen Classiker

für alle Stände.

(„Bildung macht frei!")

Dreihundertundsiebenundzwanzigstes Bändchen.

Matthias Schleiden.

Mit Biographie und Portrait.

Hildburghausen:
Druck vom Bibliographischen Institut.
New-York: Hermann J. Meyer.

Biographischer Umriß.

Matthias Schleiden.

Schleiden, einer der genialsten und vielseitigsten Naturforscher der Gegenwart, ist der Sohn eines Arztes zu Hamburg, wo er im ersten Decennium unsers Jahrhunderts geboren wurde. Von seinem ganzen Bildungsgange ist bis jetzt wenig Genaues bekannt. Die Thatsachen aber, daß er zuerst als Advokat in Hamburg prakticirte, dann ebendaselbst als Journalist und Kritiker lebte, und erst später durch Alex. von Humboldt und durch Ehrenberg auf das Feld der Naturwissenschaften geführt wurde, lassen auf ein innerlich und äußerlich viel bewegtes Leben schließen. Bereits seine erste, naturphilosophische Schrift „Das Verhältniß der spekulativen Philosophie von Schelling und Hegel zu den Naturwissenschaften" erregte Aufsehen, noch mehr aber seine schon in mehren Auflagen erschienene „Wissenschaftliche Botanik", in welcher er, den induktorischen Weg als den allein vernünftigen hervorkehrend und bestimmt einhaltend, mit scharfem Entdeckerauge die erste gediegene und umfassende Behandlung dieser Wissenschaft im neuen Geiste gab, wobei er natürlich mit andern berühmten Botanikern in Konflikt gerathen und in Opposition treten mußte. — Seit Anfang der vierziger Jahre wirkt Schleiden als akademischer Lehrer an der Universität Jena, zu deren ersten Zierden er gehörte, nicht nur auf dem Katheder, und am Mikroskop, als genialer Pflanzenphysiolog, sondern auch namentlich durch seine Vorlesungen über Anthropologie, die stets ein sehr zahlreiches Auditorium haben.

Von 1848 auf 1849 war Schleiden Abgeordneter des weimarschen Landtags, legte jedoch, zum Nutzen und zur Freude der wissenschaftlichen Welt, sein Mandat bald nieder.

Eine Stelle in der Anthologie gebührt Schleiden namentlich durch sein geistvolles und inhaltreiches Buch: „Die Pflanze und ihr Leben", das in anregendster Weise besonders für das nicht gelehrte Publikum geschrieben ist. Das auf den folgenden Blättern Mitgetheilte ist diesem Buche entnommen.

Das Wasser und seine Bewegung.

Der Sturm, welcher in den letzten beiden Jahren, bald wohlthätig Nebel zerstreuend und reinigend, bald unheimlich pfeifend und schöne Saaten verwüstend, durch Deutschland brauste, der mächtig alle guten und bösen Geister aufregte, er hat einen kleinen Winkel unseres Vaterlandes nicht berührt. Ein glückliches Völkchen, bei welchem kaum ein Arzt und nie ein Advokat sein Brod finden konnte, welches gerade in seinem wichtigsten Eigenthume eine Art von friedlichem Communismus übt, lebt ungestört durch jene wilden Gährungen auf seinem einsamen Felsen in der Nordsee und fröhlich begrüßt der Helgoländer den Gast, der in diesem sichern Asyle geistige und leibliche Stärkung und Ruhe sucht. —

Grün ist das Land,
Roth ist die Klippe,
Weiß ist der Sand,
Das sind die Farben vom heil'gen Land.

So lautet der Spruch, der die Farben ihrer Flagge erklärt. Der Fremde, welcher im schaukelnden Nachen vom Dampfschiffe, das ihn hergebracht, zum schmalen Vorlande am Fuße des senkrechten Felsens fährt, liest diesen Spruch an manchem Spiegel der vor Anker liegenden Boote, zwischen denen sein Fahrzeug hingleitet. — Wir landen und die Gruppen der neugierigen Einwohner umringen uns. Die frischen blühenden Gesichter der Weiber und Mädchen verrathen den belebenden Einfluß der Seeluft und auf dem Antlitz der stämmigen muskelkräftigen Männer hat mancher Sturm seine Spuren eingegraben. — Unter ihnen zieht uns besonders eine Gestalt an, weniger durch seine Größe, denn der Mann ist nur von mittlerer Statur und noch dazu durch das Alter gebeugt, als vielmehr durch das fast in jugendlichem Feuer strahlende Auge, durch die Kraft seiner Bewegungen, welche mit dem schneeweißen Haupthaar und den tiefgefurchten wettergebräunten Zügen, die von mehr als einem Seeroman Kunde geben, in Widerspruch zu gerathen scheinen. Jens Petersen, von seinen Gefährten bezeichnend genug der „alte Grau" genannt, ist eine Persönlichkeit, welche unwiderstehlich den Menschenkenner fesselt, und wir bedenken uns nicht einen Augenblick ihn zum Führer bei unsern Streifereien durch die Insel zu erwählen. Er kann als Muster gelten für diesen kleinen ostfriesischen Menschenstamm, der, auf seinem Felsen wie auf einem mitten im Meere versteinerten Schiffe lebend, in und auf dem Wasser alles sucht und findet, was zu seiner Existenz erforderlich ist, bei welchem Pindars vielfach gemißbrauchter Spruch: „Das Vornehmste aber ist das Wasfer," in jedem Momente des Daseyns zur vollen und unmittelbarsten Wahrheit wird. Die Nächte nicht abgerechnet hat unser alter Grau mehr als zwei Drittteile seines Lebens in offnem Boote auf dem Wasser verbracht; das Heulen des Sturms, das Ueberstürzen der gepeitschten Wogen hat keinen Einfluß mehr auf seine gestählten Nerven. Während wir dem raschen Alten mühsam folgend die fast 300 Stufen hohe Treppe zum Felsen hinansteigen, ist er schon in munterer Erzählung seiner Erlebnisse begriffen; wir folgen ihm willig lauschend durch manche Gewitternacht, zu manchem Schiffbruch, sehen ihn kämpfen mit den sich thürmenden Wellen, um einem entmasteten hülflos auf dem Wasser treibenden Fahrzeug Rettung zuzuführen. Mit Begeisterung erzählt er von den Glanzzeiten Helgolands während der Continentalsperre, wo die übermüthigen Kaufmannsdiener die Fischerbuben nach Speciesthalern und Goldstücken tauchen ließen. Mit einer gewissen schlauen Heimlichkeit schildert er uns seine abenteuerlichen Fahrten aus jener Zeit, wo er mit einem offenen Boote die Nordsee kreuzend geheime Depeschen an die holländische Küste brachte; in finstrer Nacht näherte er sich durch unhörbaren Ruderschlag dem mit weit ins Wasser hinauslaufendem Schilfe umgürteten Ufer, legte sein Fahrzeug vor Anker und watete mit seinen Depeschen durch die dichten Binsen. Das Rascheln des Schilfes wird gehört; — qui vive? — keine Antwort, und aufs Gerathewohl geschossene Kugeln pfeifen an ihm vorüber, schlagen neben ihm ins Wasser.

Mit noch größerer Vorsicht setzt er seinen nassen Weg fort, erreicht das Ufer und, dem canadischen Wilden gleich, kriecht er auf dem Bauche über den Deich zwischen zwei nur zwanzig Schritte von einander entfernten Schildwachen durch. Auf der andern Seite verfolgt er seine Richtung durch die Schilfgräben des Marschlandes und nach vollbrachtem Werke schleicht er denselben gefährlichen Pfad zurück, erreicht sein Boot und lacht über die ohnmächtigen Kugeln der abermals durch das Geräusch der Ruder aufmerksam gemachten Posten.—Unter solchen Gesprächen erreichen wir die Höhe; ein Pfad von fünf Minuten durch die dürftigen Culturen, von den Badegästen scherzend die Kartoffelallee genannt, führt uns auf den höchsten Punkt der Insel, das Belvedere, und hier breitet sich rings umher das grenzenlose Meer aus, ein erhabener Anblick! Unsere Gesellschaft hat sich indessen vermehrt. Einige Damen, ein paar Naturforscher und Aerzte und einige englische Capitaine haben sich uns angeschlossen. Das Gespräch wird belebter und mannigfaltiger, und um was könnte es sich bei solchem Führer, bei solcher Umgebung, solchen Sprechern anders drehen als um das Wasser. Vielleicht ist es nicht uninteressant dem Gespräch zu folgen, wenn wir auch im Wiedergeben des Inhalts nicht gerade den einzelnen Rednern ihr besonderes Recht zutheilen wollen.— Der Anblick, der vom Belvedere aus sich darbietet, ist eben so eigenthümlich als großartig. Vor uns liegt die obere Fläche des 200 Fuß hohen Felsens, links das kleine Städtchen mit dem niedrigen Pfarrthurme, rechts der massive englisch-

Leuchtthurm und etwas hinter ihm der alte einer Burgruine gleichende Feuerthurm. Ihn umstehen zu allen Tageszeiten, besonders im Sturm, die rüstigen Helgolander, auf allen Seiten das Meer nach den sie rufenden Ereignissen durchspähend. Nirgends unterbricht ein Baum die Rundsicht; der mächtige Sturmwind, vor dem selbst die kräftigsten Lootsen sich beugen, indem sie nur auf allen Vieren fortzukriechen vermögen, läßt keinen Busch über die Höhe der Gartenzäune hervorwachsen. Die Insel selbst, in ihrer größten Länge kaum zweitausend Schritte lang, bietet keine Fernsicht dar, alles liegt in der durchsichtigen Seeluft mit reinen deutlichen Umrissen vor uns. Rechts springt der westliche Rand in schmalen Felsenrippen, in gigantischen Bogen und grotesken Höhlen oder in einzelnen säulenartigen Klippen röthlichen Gesteins in das grünliche Meer vor. Wie der scharfe Kiel des Schiffes stellt sich die Südspitze den Strömungen des Wassers von Elbe und Weser entgegen. Links birgt der östliche Rand das schmale mit etlichen 30 Häusern besetzte, aus Sand und Gerölle zusammengespülte Vorland. Weiter ins Meer hinaus glänzen hier in silberfarbenem Lichte die Hügel der von Helgoland durch einen tiefen Meeresarm getrennten Sandbünen. Das Alles ist umgeben von dem unbegrenzten Spiegel der See und dem reinen Horizonte. — Wir nennen das Meer einen Spiegel und dem ersten flüchtigen Blicke erscheint es wie eine völlig unbewegte ruhende Fläche. Nichts desto weniger vernimmt das lauschende Ohr das leise Murmeln der an den Felsenfuß heranrollenden Gewässer und das aufmerksame Auge entdeckt endlich, daß sich die ganze unabsehbare Fläche wie in leisen Athemzügen hebt und senkt. „Grundbünung" nennt es der Seemann. — Uns täuscht nur der Schein der Ruhe; hier ist keine todte unbewegte Wassermasse, sondern ein ewig bewegtes rastlos sich änderndes Lebendiges, welches als uralter Okeanos die Feste in seine umschlingenden Arme nimmt. In Sturm und Windstille wechselt wohl das Maß der Bewegung und ihre Erscheinungen, aber keine Ruhe ist dem flüssigen, leicht beweglichen Elemente vergönnt. Auch ohne daß die Wucht der bewegten Atmosphäre auf den Meeresspiegel drückt und sein Gleichgewicht stört, kommen dem Wasser drei gesetzmäßige Bewegungen zu, von der unsichtbaren und unmerklich, aber unwiderstehlich wirkenden Krafte der Sonne und des Mondes hervorgerufen, in fast lautlosem gesetzmäßigen Gange vorschreitend und doch endlich großartiger und mächtiger, als der furchtbarste Aufruhr der empörten Elemente, im westindischen Tornado, im chinesischen Tyfoon. — Die Sonne, welche so freundlich schimmernd auf der krystallenen Fläche ruht, treibt fortwährend das verdunstende Wasser durch ihre Wärme aufwärts, als unsichtbares Gas steigt es auf, um als Regen und Schnee wieder zur Erde zu kommen. Der stärkste Regentropfen macht fallend kaum einen sichtbaren Eindruck auf dem weichsten Boden. Die herabfallende Wassermenge übt durch ihren Fall nur eine kaum nennenswerthe Kraft aus. Dann aber sammelt sie sich zu Quellen, Bächen und Strömen, und indem sie allmählig auf der geneigten Ebene des Landes wie=

der herab in den Schooß der Mutter gleitet, treibt sie Mühlen und Schiffe und andere künstliche Werke der Menschen. Das sämmtliche fließende Waffer Europas entspricht etwa 300 Millionen Pferdekräften nach der bei Dampfmaschinen gebräuchlichen Berechnung. Das scheint allerdings eine große Kraft, aber wir vertragen uns leicht mit dem Gedanken, wenn wir des Sprudelns der Quelle, des Rauschens der Bäche, des Brausens der Ströme, des donnernden Rheinfalls und der Trollhättafälle gedenken. Der Mensch fällt nur gar zu leicht in den Irrthum, dasjenige für groß, für mächtig zu halten, was mit starken Eindrücken auf seine Sinne wirkt, und leicht gibt er sich der Täuschung hin, daß dasjenige auch unbedeutend sey, was unbemerkt und geräuschlos, aber stetig im Stillen wirkt. So ist's auch hier. Das Meer, zu 12000 Fuß mittlerer Tiefe angenommen, enthält fast $2\frac{1}{4}$ Billionen Cubikmeilen Waffer, und wenn es ausgeschöpft wäre, müßten alle Ströme der Erde 40000 Jahre lang ihr Waffer hineinschütten, um das leere Becken wieder zu füllen. Aber die ganze Kraft des fließenden Waffers auf Erden ist noch nicht $\frac{1}{500}$ von der Kraft, welche dieses Waffer in Dampfform zu den Wolken aufhob. Die Wärme, welche dazu verbraucht wird, um dieses Waffer verdunsten zu machen, beträgt ein ganzes Drittheil derjenigen Wärme, welche überhaupt von der Sonne auf unsere Erde herabgesendet wird. Diese Wärmemenge nur eines Jahres würde hinreichen, eine die ganze Erde umgebende Eisrinde von 32 Fuß Dicke zu schmelzen, während alles in Frankreich jährlich ver-

:auchte Brennmaterial dieses Land noch nicht
ın einer Eiskruste von der Dicke einer Linie zu
freien vermöchte. Nach der technischen Be=
ichnungsweise entspricht jene Wärmemenge,
elche das Meerwasser jährlich in Dampfform
ufsteigen macht, der ungeheuren Summe von
5 Billionen Pferdekräften. Demnach ist auf
dem Morgen Landes eine Kraft von 79 Pferde=
äften thätig, während in der gewerbfleißigsten
rafschaft Englands, in Lancaster, auf jeden
lorgen nur $1/49$ einer Pferdekraft oder der
371ste Theil dieser Kraft kommt. — Von solchen,
ısere kühnste Phantasie übersteigenden Kräften
hoben, als befruchtender und erquickender Re=
n sanft wieder niedersinkend, als dienender
lühlbach, als belebende Wasserstraße beim Meere
ieder zueilend, vollendet das Wasser die Eine
.ner Bewegungen im ewigen Kreislaufe durch
Vasser, Luft und Erde. — Daß die gewaltige
lacht, welche Sonnen und Planeten an ein=
ıder kettet, und den weitschweifenden Cometen
ın der unendlichen Bahn zu seiner Centralsonne
rückruft, ich meine die allgemeine Anziehungs=
aft, auch das leicht bewegliche Element des
Vassers seinen Einfluß fühlen lassen werde, ver=
ht sich wohl von selbst, und hierbei wirken
tond und Sonne vereint, um einen zweiten
reislauf des Wassers um das Rund der Erde
führen. — Als die Gefährten des Nearchus un=
: Alexander dem Großen die Mündungen des
ıdus erreichten, staunten sie über das regel=
äßige Steigen und Fallen des Meeres, was sie
t den Küsten Griechenlands und Kleinasiens
egesehen hatten, und schön ihr kurzer Aufent=

halt genügte, um den Zusammenhang dieser Erscheinung mit den Phasen des Mondes erkennen zu lassen. Der der Erde nähere und deshalb trotz seiner geringen Masse stärker als die Sonne einwirkende Mond erhebt durch seine Anziehungskraft auf der endlosen Fläche des stillen Oceans das Wasser zu einer Welle, dort nur von wenigen Fußen, und führt dieselbe, an seine Bahn gleichsam gefesselt, mit sich um die Erde. Diese Welle würde so unbedeutend und machtlos, wie sie entstanden, ihre ganze Bahn vollenden, wenn sie dieselbe ungehemmt durchlaufen könnte, wenn nicht am Widerstande ihre Kraft sich stärkte. Zuerst tritt ihr Neuholland auf der einen, Südasien auf der andern Seite entgegen, und die zwar flache, aber breite Woge wird zu einer größeren Höhe zusammengepreßt; so läuft sie um Afrikas Südspitze herum. Eine Stunde nachdem der Mond seinen höchsten Stand in Greenwich erreicht, kommt sie bei Fez und Marocco an, zwei Stunden später drängt sie sich in die Meerenge von Gibraltar und streift Portugals Küste. In der vierten Stunde braust sie in den Canal hinein und an der Westküste Englands vorbei. Durch die Klippen an Irlands Felsenküste und die zahlreichen Inselgruppen im Norden gehemmt, schwellt sie erst in der achten Stunde das obere Ende der Nordsee und die Wasser der norwegischen Fjords. — Vom Canal und der Nordsee her sich vereinigend drängen sich dann die gehobenen Gewässer in der eilften und zwölften Stunde bis auf 20 Meilen in die Elbe hinein. — Ein anderer Theil derselben Welle geht in dieser Zeit von Afrikas Südspitze an die Ostküste Amerikas un eilt an derselben mit der rasenden Schnelligkeit von 120 Seemeilen in der Stunde nach Norden, wo er in die Meerbusen eingepreßt in der Fundy=bai z. B. zu einer Höhe von 80 Fuß anschwillt. — Wie machtlos erscheint dagegen ein Sturm, der in seiner furchtbarsten Entwicklung seine Wirkung kaum sechs Meilen weit in die Elbe hinein zu äußern vermag, und dessen höchste Wellen am gefürchteten Cap Horn noch keine 25 Fuß erreichen, deren fühlbare Wirkung nach Bergmann sich nicht über 15 Faden in die Tiefe erstreckt, so daß die Taucher sich nicht scheuen, beim furchtbarsten Orkan im Grunde zu verweilen. Gleichwohl wirkt die ungeheure Fluth=welle nicht so zerstörend wie die Sturmwelle; mit gleichförmigem Steigen hebt sie sich am senkrechten Felsenufer und sinkt lautlos, wie sie erschien, wieder in ihr Niveau zurück. Anders freilich, wo zerrissene Klippen sich ihr in den Weg stellen, wo sie auf flachen Sandbänken dahin rollt. Hier entsteht die dem Schiffer so unbequeme vom Sturm unabhängige Brandung, z. B. der von allen Ostindienfahrern gefürchtete Surf an Sumatras Küsten. Wirklich gefahr=drohend wird aber diese Fluthwelle erst da, wo sie mit andern Strömungen in Kampf geräth, oder wo sie von größern Inseln gespalten wird und die beiden Arme sich später in entgegengesetz=ter Richtung fortschreitend bewegen. Das Er=stere geschieht an den Flußmündungen, das An=dere bildet die großen Meereswirbel. — Von jener eigenthümlichen Erscheinung der Fluth=welle an den Mündungen der Flüsse hat kürzlich der Prinz Adalbert von Preußen in einer leider nur als Manuscript gedruckten Reise nach Brasilien eine interessante Schilderung gegeben. — „Dem Schiffer tritt am Ausflusse des Amazonenstromes die höchst wunderbare und noch nicht genügend erklärte Naturerscheinung, die bekannte Pororoca entgegen. Statt nämlich regelmäßig zu steigen, erhebt sich die durch die stark ausströmende Wassermasse des ungewöhnlich anhaltend ebbenden Flusses allmählig angestaute Fluth in wenigen Minuten zu ihrer größten Höhe, überwindet den ausgehenden Strom, drückt ihn in die Tiefe hinab, wälzt sich dann über ihn fort und einer Mauer gleich den Fluß aufwärts mit einem Getöse, welches anderthalb Meilen weit hörbar ist. Oft nimmt diese Alles verheerende Fluthwelle die ganze Breite des Stroms ein, zuweilen auch nicht. Da, wo sie auf Untiefen stößt, erhebt sie sich zu 12—15 Fuß, an sehr tiefen Stellen senkt sie sich dagegen und verschwindet fast gänzlich, um später an einem seichteren Orte wieder aufzutauchen. Solche tiefe Stellen nennen die Schiffer „Esperas", Wartestellen, weil hier selbst kleinere Fahrzeuge vor der Wuth der Pororoca sicher liegen. Hinter sich läßt die Pororoca die Gewässer in demselben Zustande der Ebbe und vollkommener Ruhe zurück, in dem dieselben sich vor dieser plötzlichen Erscheinung befanden." So weit der Prinz. Das Phänomen ist keineswegs auf den Marannon beschränkt; am längsten bekannt ist es an der Mündung der Dordogne in die Gironde, wo die Anwohner diese in zwei Minuten zur Höhe eines Hauses ansteigende und mit der Schnelligkeit eines Wettrenners den Fluß hinaufbrausende

Schleiden.

Welle Mascaret oder Rath'eau, die „Wasserratte",
nennen. Aehnliches findet sich auf dem Missi=
sippi, auf den Flüssen der Hudsonsbai, z. B. die
von den Engländern „Bore" genannte Welle in
Hooglyriver, und endlich in mehreren Neben=
flüssen des Ganges. — Als zweite Folge der Fluth=
welle gleichsam im Kampfe mit sich selbst erken=
nen wir die Meeresstrudel, von denen die Alten die
Charybdis kannten. Diese, der jetzige Galofaro,
ist einer der schwächsten Wirbel und größere
Schiffe fahren ohne Gefahr über ihn hinweg.
Dennoch ist es der berühmteste, theils durch die
sinnigen Mythen der Alten, theils durch die Poesie
unseres Schillers, der ein dort vorgefallenes
Ereigniß zu einer schönen Ballade, dem Taucher,
verarbeitete. — Ein neapolitanischer Schiffer Ni=
colo war gleichsam von der Natur zum Wasser=
leben bestimmt; oft trieb er sich 4—5 Tage
lang schwimmend und tauchend im Meere umher.
Blieb er längere Zeit am Lande, so bekam er
stechende Brustschmerzen. Seine Gefährten
nannten ihn nach seiner Fischnatur Pesce=Colo.
Der König Friedrich von Sicilien forderte ihn
zweimal auf, den Grund der Charybdis zu un=
tersuchen, beim zweiten Male ertrank er. —
Ein ähnliches Beispiel angeborner Fischnatur
lieferte Franz de la Vega, ein spanischer Zim=
mergeselle. In seinem achtzehnten Jahre, 1674,
sprang er, von unbezwinglicher Lust getrieben,
aus einem Nachen in die See und kam nicht
wieder zum Vorschein. Fünf Jahre später ent=
deckten die Fischer in einer entlegenen und un=
besuchten Bucht ein menschenähnliches Geschöpf
im Wasser. Nach einiger Mühe gelang es, das

selbe in einem Netze zu fangen, und man erkannte mit Erstaunen den vermißten Franz de la Vega. Man fand indeß bald, daß er blödsinnig geworden sey. Er wurde sorgfältig verpflegt, entwischte aber neun Jahre später zum zweiten Male und wurde nicht wieder gesehen. — Bei Weitem bedeutender als die Charybdis ist der den Schiffern bekannte und gefürchtete Malstrom im Gebiet der Lofodden an der norwegischen Küste, ein Strudel, der 4 Meilen im Durchmesser hat und jedes Schiff, das er erfaßt, rettungslos in seinen Schlund zieht. Er entsteht dadurch, daß die in den Canal eingedrungene und an Dänemarks Westküste nach Norden fortrollende Fluthwelle der um Irlands Nordküste herumgegangenen, durch Nordwestwinde verstärkten Fluth begegnet. — Noch bleibt die dritte Bewegung übrig, welche beständig das Meer in Unruhe erhält, durch einander mengt, und verhindert, daß es bei den zahllosen Leichen von Pflanzen und Thieren, welche in seinem Schooß begraben werden, nie in faulige Zersetzung übergehen kann, deren mephitische Dünste in wenig Tagen alles Leben auf Erden tödten würden. So gewiß ist, daß hier wie überall Bewegung — Leben, Ruhe — Tod ist. — Jene belebende Bewegung geht nun abermals von der Sonne aus, die nicht nur durch ihre Anziehungskraft die Planeten und Irrsterne in ihrem ewigen Reigen führt, sondern auch durch ihre erwärmenden Strahlen den irdischen Kreislauf der Luft und des Wassers hervorruft. — Die eine Circulation des Wassers, indem es sich in Dampfform zu den Wolken erhebt, als Regen herabsinkt und als

Bach und Fluß wieder dem Meere zueilt, haben wir schon kennen lernen. Es bleibt aber noch ein anderes, nicht minder mächtiges Strömen des Meeres übrig. Es hängt dasselbe mit einer der wunderbarsten und folgenreichsten Eigenschaften des Wassers zusammen, welche gleichwohl beim ersten Anblick sehr unbedeutend erscheint. — Es ist eine bekannte Thatsache, daß im Allgemeinen alle Körper an der Erde und so auch die Flüssigkeiten durch die Wärme ausgedehnt und leichter, durch die Kälte zusammengezogen und schwerer werden. Das flüssige Quecksilber zum Beispiel zieht sich bei abnehmender Temperatur auf einen immer kleineren Raum zusammen, wird dabei immer dichter und ist endlich am dichtesten und schwersten bei etwa 40° Kälte, indem es in den festen Zustand übergeht. Aehnlich zieht sich auch das Wasser zusammen bei sinkender Wärme und wird immer schwerer, bis es die Temperatur von etwa 3°,4 R. erreicht, und in der That hat das Meer unter allen Breiten in einer Tiefe von 3600 Fuß und darüber nach den genaueren Untersuchungen Dumont d'Urville's eine unveränderliche Wärme von 3° 4—4° R. Sinkt nun die Temperatur noch tiefer, so dehnt sich das Wasser wieder aus und ist daher bei 0°, also bei der Temperatur, in welcher es fest wird oder gefriert, wieder bedeutend vielleicht als bei 3°,4. Die Folge dieses eigenthümlichen Verhältnisses zur Wärme ist nun eine gar wunderbare. In der Tiefe der Gewässer erhält sich nämlich eine unveränderliche Wärme von 3°,4: so wie ein Wassertheilchen stärker abgekühlt wird, so steigt es aufwärts und macht dem etwas wärmeren Platz, und erst wenn es die Oberfläche erreicht hat, kann es zu Eis werden. — Wäre dem nicht so, würde das Wasser im Augenblick seines Gefrierens am schwersten seyn, so würde das Wasser vom Grunde des Meeres aus gefrieren. Alle Gewässer der nördlichen Breiten wären in einem Winter in massives Eis verwandelt und keine noch so intensive Sonnenhitze würde im Stande seyn, diese Eismassen wieder zu schmelzen. Der ganze Norden und Süden und beide gemäßigten Zonen würden unbewohnbar werden und das Leben der Erde sich auf einen schmalen Gürtel zu beiden Seiten der Linie zurückziehen müssen. Nun aber schützt die dicke Eisdecke, als schlechter Wärmeleiter, das Wasser der Tiefe vor dem Gefrieren und dem Elemente bleibt sein Charakter der Flüssigkeit und Beweglichkeit unangetastet. So veranlaßt der Wärmezustand des Wassers eine doppelte Bewegung: bis zur Temperatur von $+3^{o},4$ steigt nämlich das wärmere und leichtere Wasser in die Höhe und das kühlere sinkt in die Tiefe. Von $3^{o},4$ abwärts dagegen findet gerade das Entgegengesetzte Statt, die kältern Wasserschichten erheben sich auf die Oberfläche und die wärmeren sinken auf den Grund. Jenes findet vorzugsweise unter den Tropen, dieses vorzugsweise an den Polen Statt. Die Wirkung von beiden aber erstreckt sich über das ganze Weltmeer. — Vorzüglich unter der ewig senkrechten Sonne der Aequatorialzone verdampfen jene großen Wassermassen, welche die Wolken bilden, von einem Meeresspiegel, welcher Jahr aus Jahr ein eine Temperatur von $21^{o} - 22^{o}$ hat. Fortwährend steigt das erwärmte Wasser an die

Oberfläche, um sich hier zu verflüchtigen, und dieser unausgesetzte Verlust wird dadurch ersetzt, daß beständig von den Polen her die kältern Wasser nachströmen. Dadurch wird zuerst das ganze Meerwasser in Bewegung versetzt. Auf den Verlauf dieser Strömungen wirken dann aber zwei andere Verhältnisse so mächtig ein, daß wir noch viel weniger hier als bei den Luftströmungen durch die bloße Beobachtung der Erscheinungen auf das zum Grunde liegende Gesetz geführt werden würden. — Zuerst wirken als bestimmendes Moment die Passatwinde, welche das Wasser von seiner Richtung ablenken und von Osten nach Westen um die Erde treiben. Aber sowohl diese großen Ost=West= oder Aequatorialströme, als auch jene Polarströme werden aufs mannigfachste mobificirt durch die Gestaltung des festen Landes und des Meeresbodens und so ergibt sich uns folgendes Bild dieser Wasserbewegungen, welche von so unendlich wichtigem Einfluß auf den Verkehr der Völker sind, indem sie die Schiffe bald fördernd ihrem Ziele zutreiben, bald ihnen hemmend entgegenwirken. — Zwischen dem 80.° und 100.° östlich von Paris kommt ein starker Strom kalten Wassers vom Südpole herauf, wendet sich an der Westküste von Neuholland links und geht fast in der Richtung des Südostpassates quer durch den indischen Ocean bis an die afrikanische Küste. Hier steigt er abermals links gewendet an derselben herab, drängt sich um das Cap der guten Hoffnung herum und dann nach Nordosten. Von der Angolaküste ablenkend streicht der Strom quer über den atlantischen Ocean nach Südame=

rika, wo ihn das Cap Roque in einen südlichen und nördlichen Arm spaltet. Der nördliche fällt in den Kessel des merikanischen Meerbusens und erscheint austretend bei Florida als der warme Golfstrom, welcher seine südlichen Temperaturen und Produkte bis an die Westküste von Europa führt, indem er als wärmeres und leichteres Wasser über die von den grönländischen Küsten abwärts strömenden kälteren und schwereren Gewässer weggeht. Diese letztern führten einmal eine wenige Meilen von der Südspitze Grönlands ins Wasser geworfene Flasche sicher bis an die Küste von Teneriffa. — Unter dem 160.—220.° östlich von Paris braust ein zweiter mächtiger Strom eiskalten Wassers vom Südpol herauf, wendet sich etwa unterm 50.° der Breite rechts und bringt, an Peru's Felsenküste hinaufsteigend, diesem Lande sein gemäßigtes Klima selbst unter den senkrechten Strahlen der Tropen. Dann wendet sich der Strom von Payta ab und in einer Breite von fast 45° zieht sich die nunmehr erwärmende Wassermasse langsam über den stillen Ocean, um mit einem Arm die Inseln Timor und Celebes, mit dem andern stärkern den breiten Bogen des chinesischen Küstenrandes zu bespülen. Fügen wir noch hinzu, daß fast jeder dieser Ströme an beiden Seiten eine Opposition hervorruft, die als Gegenströmung erscheint, so haben wir die Hauptzüge dieses Bildes gezeichnet. Wie wichtig diese Strömungen dem Seefahrer werden müssen, ergibt sich leicht, wenn man bedenkt, daß die Aequatorialströmung das Schiff unabhängig vom Winde täglich 15 Meilen fortführt, der Golfstrom in der günstigsten Jah=

reszeit sogar 30 Meilen. — Der Temperaturunterschied der Strömungen und des daneben befindlichen scheinbar ruhenden Wassers ist sehr beträchtlich und macht sich auf sehr geringen Entfernungen geltend. Humboldt fand in Trurillo, wo das ruhende Wasser eine Wärme von 22° besitzt, in dem Wasser des peruanischen Küstenstromes nur 8°,5, und wer genau auf der Grenze des Golfstromes in einem Boote fährt, kann rechts die Hand in warmes, links in kaltes Wasser tauchen. — Seltsames Element! Auf leichtem Fahrzeuge schwebt der Mensch auf der überall gleich hoch erscheinenden, unabsehbaren Wasserfläche dahin über Berge und Thäler, über Hoch- und Tiefländer, ohne sie zu kennen, nur hier und da lehrt ihn die abwechselnde Tiefe, die oft plötzlich von mehreren tausend Fuß bis auf wenige Klafter abnimmt, daß er über den Gipfel eines bedeutenden Berges dahingleitet. Wer vom Meeresboden keine andere Vorstellung gewonnen, als ihm die ebene Fläche des weißen Ufersandes beim Seebade gewährt, ist allerdings der Wahrheit sehr fern. Der ganze Raum, den das Meer bedeckt, umfaßt nur die niedrigern Berge und tieferen Thäler der Erde, gegen welche das flache Land, etwa der norddeutschen Heide, noch als hohes Plateau erscheint. Im atlantischen Ocean 230 Meilen südwestwärts von St. Helena erreichte das Senkblei der französischen Fregatte Venus erst mit 14556 den Boden des Meeres, also in einer Tiefe, welche der Höhe des Montblanc entspricht, und Capitain Roß fand bei seiner letzten Südpolarexpedition unter dem 68.° südlicher Breite noch mit 27600 Fuß keinen Grund, auf welchem man also den Dawalagbiri und den Sinai auf einander setzen könnte, ohne daß der letztere mit seiner Spitze aus den Fluthen hervorragen würde. — Dagegen sind die nördlichen Meere durchschnittlich viel flacher; eine plötzliche Hebung von 600 Fuß würde den Boden der Nordsee trocken legen und dieser würde, ganz in Land umgewandelt, eine wunderbare Landschaft bilden. — Wir sähen dann die Elbe sich von Curhaven nach Westen wenden und, indem sie bei einem hohen, dem Lilienstein der sächsischen Schweiz ähnlichen Felsen, Helgoland genannt, vorbeizieht, die Weser aufnehmen, dann liefe sie fast gerade auf Newcastle zu, um auf halbem Wege an einer ziemlich hohen Hügelkette abzuprallen und sich nach Nordost zu wenden; fast gerade in dieser Richtung forteilend fiele sie endlich etwa 15 Meilen von der Südspitze Norwegens in prachtvollen, zusammen fast 1200 Fuß hohen Cataracten in ein tiefes Thal, welches sich an Norwegens Küste mit zahlreichen romantischen Felsenschluchten, den jetzigen Fjords, nach Norden zieht; hier vermischte sie ihr Wasser mit dem der Newa, welche in der Gegend von Seeland ebenfalls in schönen Wasserfällen sich in dieses Thal herabstürzen würde. — Der Rhein dagegen ginge von seinem Ausflusse sogleich nach Westen und drängte sich mit dem Wasser der Themse vereinigt durch eine enge Schlucht beim Cap Grisnez an der französischen Küste und mündete dann auf der Höhe der Lizards friedlich in den atlantischen Ocean.

Leider ist es uns nicht möglich in dieser Weise eine vollständige Geographie des Meeresbodens zu zeichnen, denn die Beobachtungen, welche dazu erforderlich wären, sind noch größtentheils erst zu machen. Nur selten kommen Schiffe in die höchst unangenehme und nur etwa für Beobachtungen dieser Art günstige Lage. Nur bei völliger Wind = und Meeresstille können die Messungen der Tiefe des Meeres angestellt werden und selbst dann erfordert eine einzige Messung von 9000 bis 12000 Fuß Tiefe schon 2 bis 3 Stunden Zeit. — Sind wir aber über die Configuration des Bodens der See nur sehr mangelhaft unterrichtet, so sind wir leider über die Beschaffenheit desselben gänzlich im Unklaren. Nur an dem bunten Farbenspiel der Seepflanzen und Korallen des Bodens ergötzt sich das Auge des Schiffers zwischen den westindischen Inseln, nur weiße Muscheln erblickte Capitain Wood (1675) auf dem 480 Fuß tiefen Grunde bei Nowaja Semlja, nur von den oberflächlichsten Schlammschichten giebt das heraufgezogene Senkblei eine unvollkommene Kunde. Die Natur der Felsmassen bleibt uns ein unaufgeschlossenes Geheimniß und damit ist uns auch der Schlüssel genommen, um den so merkwürdigen Gehalt des Meerwassers an fremdartigen Bestandtheilen zu erklären. — Bekanntlich stellt man das Wasser des Oceans, des kaspischen und todten Meeres, so wie einiger minder bedeutenden Wasserbecken als Salzwasser dem übrigen als dem süßen Wasser gegenüber. Die Salze, welche dem Meerwasser seinen eigenthümlichen Geschmack und manche andere merkwürdige Eigenschaft verleihen, bestehen vorzüglich aus Kochsalz, Glaubersalz, Kalksalzen und salzsaurer Magnesia. Das letzte ist eine Verbindung, welche begierig Feuchtigkeit aus der Atmosphäre anzieht, und daher kommt es, daß einmal von Seewasser benetzte Kleider und überhaupt organische Stoffe nie wieder völlig austrocknen, wenn sie nicht vorher in süßem Wasser ausgewaschen sind. Die sämmtlichen Salze des Meeres machen nach Professor Schafhäutl in München ungefähr $4\frac{1}{4}$ Millionen Cubik-Meilen aus; davon beträgt das Kochsalz allein 3,051,342 Cubik-Meilen, eine Massenausdehnung, die mehr als fünfmal so viel beträgt wie die Alpen und nur $\frac{1}{3}$ weniger als der ganze Himalaja. Dabei ist die mittlere Tiefe des Meeres nur nach A. v. Humboldts Schätzung zu 900 Fuß angenommen und die obigen Zahlen würden noch $3\frac{1}{3}$ mal größer werden, wenn man mit Laplace die mittlere Meerestiefe zu 3000 Fuß anschlägt. Woher mag diese ungeheure Salzmenge stammen? Der Bohrbrunnen von Neusalzwerk bei Minden müßte in der Weise, wie er jetzt fließt, mindestens 133,000 Jahre fortströmen, ehe er nur eine einzige Cubik-Meile Salz geliefert hätte, und doch fließen aus diesem Bohrloche in 24 Stunden 64,800 Kubik-Fuß Wasser aus. Welche unermeßlichen Salzlager muß das aus der dichten Atmosphäre der Urwelt herabstürzende Wasser ausgewaschen und aufgelöst haben, ehe es zum Meerwasser wurde. — Der große Salzgehalt würde zwar genügen, um zu erklären, weshalb das Seewasser untrinkbar ist, wenn nicht selbst das von den Salzen durch Destillation befreite Wasser noch fortführe einen verderblichen Einfluß auf den Organismus auszuüben. Noch immer ist die Kunst, das

Seewasser trinkbar zu machen, eine ungelöste Aufgabe für die Wissenschaft und noch immer sind mitten in der Fülle des Wassers Wassermangel und Feuersgefahr die beiden Schreckbilder, vor denen auch der muthigste Seemann erbleicht. Auf der andern Seite ist es auch gerade dieser Salzgehalt, welcher dem Seewasser die vortheilhafte Einwirkung auf den menschlichen Organismus verleiht, sobald es nur äußerlich mit demselben in Berührung tritt. Den besten Beweis dafür geben uns alle Küstenbewohner, welche sich durch die Reinheit und Gesundheit ihrer Hautfarbe, durch ihr schönes langes Haar, durch Muskelkraft und große Unempfindlichkeit gegen den Wechsel der Witterung auszeichnen. Das Seebad ist eins der sichersten Erhaltungsmittel der Schönheit. Es steht deßhalb auch die Vorzüglichkeit der Seebäder fast auf gleicher Stufe mit ihrem Salzgehalt. Die schwächsten Bäder gibt die nur etwas über 1 Procent Salz enthaltende Ostsee, die Nordsee hat schon 3 — 4 Procent, und die von allen Besuchern gepriesene Kraft der von schönen Umgebungen und glücklichem Klima noch unterstützten Bäder an den Küsten des mittelländischen Meeres beruht hauptsächlich auf dem hohen Gehalte des Wassers von 5 und 6 Procent. Wie das Wasser des todten Meeres wirken mag, welches 24 Procent Salz enthält, welches den Menschen wie einen Kork schwimmend erhält und das Ertrinken unmöglich macht, ist noch durch keine Erfahrungen ausgemacht, denn kein Doberan, kein Nizza ziert seine unwirthbaren, durch Erdpech und Schwefeldämpfe verpesteten Felsenufer, — Der eigenthümlich verderbliche Einfluß, den das Seewasser als Getränk auf den Menschen ausübt, die tief eingreifende Störung der ganzen Ernährungs= thätigkeit scheint sich auch in gewisser Weise bei den belebten Bewohnern des Meeres, bei Thieren und Pflanzen geltend zu machen. Besonderheiten, die bei den in der Luft lebenden Geschöpfen zu den seltenen Ausnahmen gehören, bilden bei ihnen die fast ausnahmslose Regel, ich meine eine gewisse eigenthümliche Weichheit ihrer Bestand= theile. Die Knochen der Meerthiere sind bieg= sam, knorpelartig und bei vielen fast reiner Knorpel, das Fleisch ist gallertartig, weich; eine große Anzahl dieser Meergeschöpfe scheint nur aus einem fast durchsichtigen belebten Schleim zu bestehen. Selbst die Pflanzen des Meeres theilen diese Eigenheit. Der mächtige, oft 1500 Fuß lange Riesentang des Feuerlandes so gut wie der schöne purpurne Meersalat der Nordsee haben die schlüpfrige Consistenz halb aufgequol= lenen Traganth=Gummis und zerfließen fast, so wie man sie in süßes Wasser bringt; das Car= ragheen oder sogenannte irländische Moos, der schneeweiße Fucus amylaceus, welche beide von der Heilkunst unter die Zahl der leicht ver= daulichen und stark nährenden Substanzen be= sonders zur Erhaltung schwächlicher Kinder auf= genommen sind, lösen sich beim Kochen fast ganz wie das Arrowrootmehl in eine klare farb= lose Galatine auf, und so scheint sich das Wasser bei diesen Organismen recht eigentlich mit seinem elementaren Charakter als das Er= weichende, Auflösende, Verflüssigende geltend zu machen.— Und in der That ist dies der Cha=

rafter des Waffers auf unferer Erde. Von den ältesten Zeiten her bezeichnet man mit dem Worte Waffer weniger den chemischen Stoff als den Zustand der Flüssigkeit. Ich will nur an Eins erinnern, in welchem chemisch auch nicht ein Tröpfchen Waffer enthalten ist, an das Allen bekannte ächte Cölnische Waffer. Wir kennen unzählige Flüssigkeiten vom schweren glänzenden Quecksilber bis zum leichten wasserhellen Aether. Von allen hat die Natur keine benutzt als das Waffer, um alle Organismen zu durchdringen, ihre festen Theile anzufeuchten und biegsam zu machen, andere Theile aufzulösen und als flüssige Säfte auf die verschiedenste Weise in Zellen und Canälen durch den Organismus durchzuführen. Ohne das Waffer wäre kein Leben, kein Organismus denkbar. — Und ist es denn etwa mit dem großen Organismus, den wir Erde nennen, anders? Wir haben schon oben flüchtig berührt, wie das Waffer einen eignen Kreislauf durch Meer, Luft und Erde vollendet. Was der Kunst des Menschen mit seinen Retorten und Tiegeln noch unerreichbar ist, das vermag mit Leichtigkeit die Sonne. Die Wafferdämpfe, welche sie durch ihre Strahlen aus dem großen Keffel des Meeres aufdestillirt, die sich als Wolken über unsern Häuptern sammeln, als Wolkenbruch zerstörend herabstürzen, als milder Regen die Saaten befruchten, oder als funkelnde Thauperle den zarten Carmin des Rosenblattes schmücken, sie enthalten das reinste Waffer, welches wir auf Erden kennen. Begierig saugt es die durstige Erde ein, in tausend Adern treibt sie es herum, in unzähligen Behältern sammelt sie es für künftigen Bedarf. Wäre die

Erdkruste von durchsichtigem Kryſtall, das Waſſer roth wie das Blut, wir würden mit einem Blicke überſehen, in welchem vielfach veräſtelten, künſtlich verſchlungenen Gefäßſyſtem dieſer Lebensſaft der Erde circulirt. Wo die Erde an Vollblütigkeit leidet, hilft ihr die Natur, ſie ſprengt eins der kleinen Gefäße und ſchüttet die belebende Flüſſigkeit als ſprudelnde Quelle aus. Bedürfen wir dieſes edlen Saftes, wir wiſſen uns zu helfen nnd ſchlagen der Natur eine Ader; einen „arteſiſchen Brunnen bohren" nennt es die proſaiſche Technik. — So treten die in verborgener Tiefe kreiſenden Waſſer wieder ans Tageslicht, um auf der Oberwelt, zu Bächen, Flüſſen und Strömen vereinigt, freundlich dem Menſchen ihre Dienſte anzubieten, ſey es hier ſeine Saaten und Heerden ernährend, ſey es dort ſeine Laſten tragend und bewegend, ſey es endlich um ſeinen ſchwachen Arm mit ihrer Kraft zu unterſtützen und gewaltig zu machen. Wenn wir früher erwähnten, wie gering die Kraft des fließenden Waſſers auf Erden ſey, ſo galt es nur im Vergleich mit der unendlich mächtigern Gewalt, durch welche das Waſſer den Wolken zugeführt wird. Wenden wir den Vergleich aber nach der entgegengeſetzten Seite, ſo verſchwindet der Menſch in ſeiner Ohnmacht gegen die allmächtige Rieſin Natur. Der Amazonenſtrom und Miſſiſippi ſenden allein ſo viel Waſſer dem Meere zu, als alle übrigen Ströme der Welt zuſammengenommen, und ſo erſcheint der Niagara nur als ein beſcheidener Mittelfluß. Er mag daher als ein gutes Beiſpiel dienen, um an hm die Kraft des fließenden Waſſers zu zeigen, wobei wir den Unterſuchungen des Ingenieurs E. Blackwell und den Berechnungen des Mr. Allen aus Providence folgen. An den Waſſer=fällen dieſes Stromes ſtürzen in jeder Minute 22,440,000 Cubik=Fuß oder 1,402,500,000 Pf. Waſſer über den 160 Fuß hohen Felſen. Die Technik nimmt bei Anwendung von Waſſerkräf=ten an, daß ein Dritttheil derſelben verloren gehe. Demnach entſpräche die wirkliche Kraft des Niagarafalles 2,533,334 Pferdekräften. Um einen Maßſtab für dieſe Zahlen zu gewinnen, kann man Folgendes hinzunehmen. Nach Bai=ne's Geſchichte der Baumwollen=Manufactur (history of the cotton manufacture of the united Kingdom of great Britain) war 1835 die mechaniſche Kraft der geſammten engliſchen Induſtrie

für Baumwolle { an Dampfkraft 33000
                    an Waſſerkraft 11000 } Pferde=
für andere Manufacturen   100000   kräfte.
für Dampfſchiffe und Gruben   50000

              Im Ganzen   194000 Pferdekr.

Nimmt man bis 1843 20 Procent Zuwachs an, ſo war damals die geſammte Kraft der engliſchen Induſtrie gleich 233000 Pferdekräften, welche nur ſechs Tage der Woche und täglich nur 11 Stunden arbeiten, oder, um es kurz zu ſagen: der einzige Niagarafall entwickelt eine Kraft, die 40mal ſo groß iſt als die der geſammten eng=liſchen Induſtrie, der mächtigſten, welche irgend eine Nation aufzuweiſen hat. So nichtig ſind die Werke der Menſchen gegen die zermalmende Größe der Natur. — Aber kehren wir zu unſerm

Waſſer zurück. Was die Sonne demſelben genommen, das gibt die Erde ihm wieder und umgekehrt, nämlich den Salzgehalt und die Temperatur. Das fallende Regenwaſſer iſt, wie bemerkt, das reinſte Waſſer, welches wir auf Erden finden; aber indem es durch den Boden ſickert, um zu den unterirdiſchen Behältern und Canälen zu gelangen, nimmt es die in der Erde befindlichen löslichen Salze auf und führt ſie mit ſich fort. Dadurch wird alljährlich unſerm Culturboden ein großer Theil ſeiner wichtigſten Beſtandtheile entzogen und durch die Flüſſe dem Meere zugeführt. Hat nun noch das Waſſer in ſeinem Laufe Gelegenheit ſich mit Kohlenſäure zu ſättigen und wird es durch die Feuer der Tiefe erhitzt, ſo verſtärkt ſich ſeine auflöſende Kraft und es nagt ſelbſt Felſen an, zehrt ſo an dem Marke der Erde und ſpringt dann, wo es zu Tage kommt, als heilbringende Mineralquelle hervor. Unter den aufgelöſten Mineralbeſtandtheilen iſt ohne Zweifel für die fern vom Meere gelegenen Länder das Kochſalz, das ſich in mehreren Quellen zeigt, einer der wichtigſten und deshalb längſt zu einem Gegenſtand ſtaatswirthſchaftlicher Fürſorge geworden. Die Menge des im Waſſer aufgelöſten Salzes, oder die „Löthigkeit der Soole", wie es die Bergleute nennen, iſt ſehr verſchieden; bei 3 Procent, dem ungefähren Gehalt des gewöhnlichen Meereswaſſers, iſt es nicht mehr der Mühe werth das Salz durch Abſieden vom Waſſer zu trennen, und die Soole des ſchon erwähnten Bohrbrunnens zu Neuſalzwerk bei Minden iſt faſt von dieſer Art, indem ſie nur 4 Procent enthält. Die ſtärkſte Soole

Schleiden.

ist die Lüneburger, welche in ihrem Salzgehalt genau mit dem Wasser des todten Meeres übereinstimmt. — Im Ganzen sind diese chemischen Verhältnisse des Quellwassers allmählig bei den großen Fortschritten der Wissenschaft vollkommen in die Gewalt der wissenschaftlichen Einsicht gebracht worden und ihre Erklärung ist sehr leicht. Schwieriger und verwickelter dagegen ist das Verhältniß der Quellen zur Temperatur. Der Gedanke scheint hier sehr einfach und nahe liegend, daß die Gewässer die Temperatur des Bodens annehmen, durch welchen sie fließen. Das ist nun wohl im Allgemeinen wahr, aber die interessanten Schwierigkeiten liegen hier gerade in den Temperaturverhältnissen des Bodens selbst, durch welchen die Wärme der Quellen bedingt wird. — Unter den Tropen kann eine Quelle nur wenig Erquickung gewähren, da ihre Temperatur nur wenig von der des heißesten Monats abweicht. In den gemäßigten Zonen erstaunt man, daß gerade die Stelle des Teiches im Winter ungefroren bleibt, welche man im Sommer beim Baden wegen ihrer unangenehmen Kälte zu meiden pflegte; es ist der Fleck, wo eine Quelle aus dem Boden hervorsprudelt. In Bezug auf die Vegetation sind unsere Quellen die eigentlichen Ernährer und Beförderer einer üppigen Vegetation, und wenn schon der erste Schnee die abgestorbenen Fluren bedeckt, grünt noch Alles in voller Frische in und neben einer Quelle. Wie anders in Schweden, wo das eisige Wasser der Quellen überhaupt jede Vegetation in ihrer Nähe vernichtet und die Bäche nur zwischen unfruchtbaren von Pflanzen entblößten Ufern fließen. — Der Grund dieser seltsamen Erscheinung ist der, daß die Sonnenwärme nur langsam und überall nicht sehr tief in den Erdboden eindringt. Schon einige Fuße unter der Oberfläche hören die Temperaturunterschiede zwischen Nacht und Tag auf bemerklich zu seyn und bei einer Tiefe von 90 Fuß (so tief ist der Keller der Pariser Sternwarte) ändert sich die Temperatur Jahr aus Jahr ein noch nicht um den zehnten Theil eines Grades. Es findet hier diejenige Temperatur Statt, welche sich ergibt, wenn wir die Wärme des Sommers durch die Kälte des Winters ausgleichen, oder die sogenannte mittlere Temperatur des Ortes, welche natürlich höher als die des Winters und niedriger als die des Sommers ist. Bei dem unveränderlichen Klima der Tropenländer wird nun in einer größeren Tiefe auch eine Temperatur seyn, welche von dem heißesten Monate wenig verschieden ist, und diese theilt sich den in solcher Tiefe entspringenden Quellen mit. Bei uns sind tiefentspringende Quellen noch warm genug, um im Sommer der Vegetation nicht zu schaden, während sie im Winter durch ihre eigenthümliche Wärme lange Zeit dem Einfluß der Kälte widerstehen. Endlich in Schweden ist die mittlere Temperatur von $6\frac{1}{4}°$ nicht mehr genügend für das Wachsthum der Pflanzen, und ein Wasser, wie die Medewiquelle am Wettersee, welche diese Temperatur besitzt, muß daher nothwendig ihre Umgebung der freundlich grünen Decke der Vegetation berauben.

Dringen wir nun tiefer ins Innere der Erde, so ändert sich die Sache; hier kommen wir dem Heerde der eignen Erdwärme näher und damit steigt wieder die Temperatur. Aber diese Temperatur ist wie unabhängig von der Sonne, so auch völlig unabhängig von den durch Einwirkung derselben bedingten Schwankungen. Die tiefer eindringenden Erdarbeiten haben uns gezeigt, daß die Temperatur in der Tiefe der Erde fast ganz regelmäßig etwa auf 100 Fuß um 1° R. zunimmt. Am meisten haben zur Erkenntniß dieser Thatsache wohl die artesischen Brunnen mit beigetragen, denn die verschiedenen Temperaturen des aus verschiedenen Tiefen hervorquellenden Wassers geben hierbei einen trefflichen Maßstab an die Hand.' Der berühmte Bohrbrunnen zu Grenelle, der für 24 Stunden jedem Pariser 4 Liter (3½ Quart preuß. Maß) Wasser liefert, erfüllte anfänglich leider den Zweck, den man bei seiner Abteufung im Auge hatte, nämlich der Stadt Paris Trinkwasser zu liefern, durchaus nicht, weil das bei einer Tiefe von 547 Meter (1742,7 preuß. Fuß) erbohrte Wasser die Temperatur einer ächt tropischen Quelle, nämlich 22°,16 R. besitzt. Jetzt wird es durch eigne Vorrichtungen abgekühlt. Noch etwas weiter ins Innere der Erde bringt der schon mehrfach erwähnte Bohrbrunnen zu Neusalzwerk bei Minden, nämlich bis zu 628,6 Metres (2002,7 preuß. Fuß) und das ausströmende Wasser hat eine Wärme von 25°,1 R. Ueberhaupt ist dieser Bohrbrunnen der tiefste von allen bis jetzt hergestellten und ein von seinem tiefsten Punkte aus nach Norden horizontal fort getriebener Stollen würde noch ziemlich weit unter dem tiefsten Boden der Nordsee durch nach Schweden geführt werden können. Die klarste Vorstellung gewinnt man von diesen Dimensionen, wenn man sich irgend ein bekanntes Gebäude, etwa das Straßburger Münster daneben gestellt denkt. Jene constante, von Winter und Sommer völlig unabhängige Temperatur der Quellen ist der Grund, weshalb der Anfang der Saison bei Brunnen kaum von etwas Anderem abhängig gemacht zu werden braucht, als vom Eintritt der Jahreszeit, welche die Bewegung im Freien erlaubt. Dasselbe gilt aus anderm Grunde von den Fluß- und Teichbädern, weil diese flachen Wassermengen, leicht von der Sonne durchwärmt, sehr bald eine sommerliche Temperatur annehmen. Das Meerwasser dagegen bedarf bei seiner geringen Leitungsfähigkeit für die Wärme und bei der großen zu erwärmenden Masse einer längern Einwirkung der Sonne und erst am Ende des Juli oder im Beginn des August gestattet uns der verständige Arzt uns in Helgoland zu versammeln. Diese letzte Bemerkung eines Arztes beruhigte einigermaßen eine ältliche Dame, welche, mehr von der Langenweile als vom Bedürfniß in die Bäder geführt, nicht hatte begreifen können, weshalb ihr Hausarzt bis dahin ihr so hartnäckig den langersehnten Genuß versagt hatte. — Unter den mitgetheilten Gesprächen war allmählig die Dämmerung hereingebrochen und die Gesellschaft, plaudernd vorgeschritten bis zum alten Feuerthurm, schaute hinaus auf das noch immer spiegelglatte Meer. „Ach! der herrliche Stern, der dort aufgeht," rief eine der jüngern Damen aus und wies nach Süden. — „Das ist kein Stern," belehrte der alte Grau, „sondern das 18 Seemeilen entfernte Leuchtfeuer auf „Neuwerk," welches so eben angezündet wird. Nicht immer ist es zu sehen. Jetzt ist jene Gegend so still und klar, daß man deutlich im Schein der Laterne den Rauch des eben vorbeigehenden Huller = Dampfers erkennen kann; etwas links von jener Stelle, wo jetzt der Rauch aufwirbelt, zieht sich der schreckliche Vogelsand hin, der in seinem flüssigen Sande schon Tausende von Fahrzeugen mit ihren wackern Mannschaften verschlungen hat." Der Alte schwieg einige Secunden, im Nachsinnen verloren, dann fuhr er mit gedämpfter Stimme fort: „Nie werde ich die schreckliche Nacht vom letzten August des Jahres 1829 vergessen. — Am Nachmittag hatte sich ein Sturm aus Nordwesten erhoben, so wild, so furchtbar, wie ich noch keinen hier erlebte. Die größten Felsblöcke am Vorlande tanzten auf den Wellen wie Korkstückchen und knirschten an einander, als würden sie zu Staub zermalmt. Die ganze See schien zu kochen, man sah keine Fläche; keine Welle, nichts als umhergejagten Schaum; die Brandung brüllte zwischen dem Neustag und dem Mönch und in dem alten Mörmersgatt und tobte zwischen den Klippen, daß der Gischt uns hier oben am Leuchtthurm durchnäßte. Da standen wir, Männer und Weiber, und schauten dort hinaus nach der Weser, wo sich ein verlornes Fahrzeug sehen ließ, was schwer mit dem Sturme kämpfte. Immer mehr wich es trotz aller straffgespannten Segel nach Osten ab und war schon bei Neuwerk vorbeigetrieben nahe dem Vogelsand, da stürzte plötzlich mit fliegenden Haaren in Weib zwischen uns und schrie: rettet, rettet meinen Mann, euern Freund! kennt ihr denn die Dorothea nicht mehr? Und so war's, das Auge der Liebe hatte schärfer gesehen als wir alten Seehunde, — die Dorothea von Bremen kom=

mend und geführt von unserm besten Burschen Jacob Jaspersen. Das Weib jammerte, rang die Hände, umschlang unsere Kniee und flehte um Rettung, wir mußten uns abwenden; ach, sie wußte so gut als wir, daß bei dem Wetter kein gewöhnliches Fischerboot See halten konnte, und kein anderes lag im Hafen. — Immer näher kam der schreckliche Augenblick. Die Dorothea konnte nur noch wenige Kabellängen vom Vogelsand seyn. Da stand das Fahrzeug still, die Segel fielen nieder. Der kühne Führer hatte mitten in der Brandung Anker geworfen; wenn dieser faßte und hielt, so war das Schiff gerettet. Mit athemloser Erwartung blickten hundert Augen auf jenen Fleck, das Weib hielt sich an mich und klapperte hörbar mit den Zähnen. — Und wir sahen, wie das Schiff langsam vom Anker wegtrieb. — Mit gellendem Schrei sank die Frau zusammen. Da hatte plötzlich Jaspersen wieder alle Segel aufgespannt und begann aufs Neue den hoffnungslosen Kampf gegen den Orkan, bis die Nacht ihn uns verbarg. Keiner von uns ging schlafen, keiner verließ den Platz, immer noch stierten wir hinaus und harrten mit dumpfem Entsetzen des Tages; neben uns wimmerte leise das unglückliche Weib. — Gegen Morgen legte sich plötzlich der Sturm, nach und nach wurde es lichter, der Tag begann zu grauen und kaum $\frac{1}{2}$ Seemeile vor uns lag die Dorothea mit vollen Segeln auf den Hafen zusteuernd. Jauchzend eilten wir zum Strand und eine Viertelstunde später umschlang Jaspersen sein Weib, — aber eine alte Matrone, die er vor wenigen Tagen als blühende junge Frau verlassen. Die furchtbare Angst der einzigen Nacht hatte tiefe Furchen in ihr Antlitz gegraben, ihre Wange und ihr Haar gebleicht." "Ja! ja! Die See ist eine gefährliche Freundin und wehe dem, der nicht die Kraft hat, ihr todesmuthig ins Angesicht zu sehen!" — Wir schwiegen lange, dann schüttelten wir dem Alten still die Hand und bald umfing uns alle die bunt gemalte Täfelung in dem reinlichen und behaglichen Gemache unserer biedern Wirthe.

Das Meer und seine Bewohner.

„Es freue sich,
Was da lebet im rosigen Licht;
Da unten aber ist's fürchterlich,
Und der Mensch versuche die Götter nicht
Und begehre nimmer und nimmer zu schauen,
Was sie gnädig bedecken mit Nacht und Grauen."

O lernt sie nur kennen die graußige Tiefe, welche unter dem trügerisch glänzenden Spiegel sich birgt. — Ihr sinkt hinab, — Euch verschwindet das Blau des Himmels, das Licht des Tages, — ein feuriges Gelb umgibt Euch, dann ein flammendes Roth, als tauchtet Ihr ein in ein feuchtes Höllenmeer ohne Gluth, ohne Wärme. — Das Roth wird dunkler, — purpurn, — endlich schwarz, — eine undurchdringliche Nacht hält Euch umfangen. — Und was um Euch lebt und sich bewegt, ist ein freud= und friedeloses Daseyn, ein unaufhörliches Jagen und Entfliehen, ein Fassen und Verschlingen, ein unendlicher Haß, ein ewiger Mord, — ein rastloses Schaffen nur in dem gefräßigen, nie ruhenden Tode die Opfer

zu liefern. — Und wie hier Licht und Farben=
glanz verschwinden und die dunkle Nacht den
endlosen schweigenden Krieg, das lautlose Schlach=
ten einhüllt, so ist auch der Reichthum der For=
men, die Anmuth der Gestalt entwichen, dem
Plumpen gesellt sich das Häßliche, dem Umge=
stalteten das Verzerrte und Widerliche.

„Der gefräßige Hai, des Meeres Hyäne,
Der stachliche Roche, der Klippenfisch,
Des Hammers gräuliche Ungestalt..."

Kein guter Geist regiert diese Tiefen, nur bos=
hafte Nixen und falsche verlockende Undinen durch=
streifen das wüste Reich! — So gestaltet der
Glaube des Volks, so die frühesten Kenntnisse
der Wasserwelt dieses dem Menschen fast un=
zugängliche Gebiet und die allmählig erwachsende
Wissenschaft kann nicht umhin, dem Bilde immer
neue, immer grellere Züge zu leihen. Aber
dem rastlos fortstrebenden Sterblichen bleibt
nichts Irdisches für immer verschlossen, überall
hin bahnt er sich den Weg, selbst in die dunkle
Tiefe des unermeßlichen Oceans trägt er die
Leuchte der Forschung und in diesem Lichte ge=
winnt Manches auch einen anderen Ausdruck, zeigt
eine freundlichere Kehrseite. Mit der alten Nacht
fliehen auch ihre Kinder, die grausen Gespenster.
Zwar bleiben manche der Züge in dem Bilde
wahr und unverwischbar; die Wissenschaft muß
es mehr und mehr bestätigen, daß nur ein gegen=
seitiges Morden und Verschlingen die lebenden
Geschöpfe der Tiefe erhält, daß unter den tau=
send und aber tausend Arten, welche die Fauna
des Meeres zusammensetzen, bis jetzt kaum Ein
Geschöpf mit Sicherheit als ein solches bezeichnet

werden kann, welches sich in friedlicherer Weise nur von der reichen Flora des Meeres nährte. Aber wenn wir die einzelnen Bilder, Linien und Farbentöne, welche uns der unermüdliche Fleiß der Forscher gewonnen, zusammensetzen, — wenn wir dieser Composition die Totalanschauungen zu Grunde legen, welche glückliche Reisende in günstigen Beleuchtungen jenem Reiche der Tiefe abgewonnen, so erhalten wir eine Gallerie von Landschaften, welche nicht minder mannigfaltig, nicht minder schön und vielleicht selbst prachtvoller, feenhafter und wunderbarer sind, als die Erde sie irgendwo aufzuweisen hat. Dann aber tritt uns ein neues Räthsel entgegen. Das ganze Wesen der Schönheit lebt doch nur in der empfindenden Seele; nicht für sich, nicht für den Sandhaufen, der ihn umgibt, funkelt der Diamant in seinem farbigen Strahlenspiel, sondern für das Menschenauge, durch welches eine Seele ihn bewundert. Nicht für den Berg ist das Thal, nicht für den Bach die lispelnd sich niederbeugende Trauerweide, nicht für den düstern Fichtenwald das goldene Grün der Matten schön, anmuthig oder lieblich, sondern nur für den Geist, der das Alles mit den Blicken der Liebe, der Andacht auf- und zusammenfaßt. Ist dem aber so, so fragen wir wohl mit Recht: für wen ist denn jener Reichthum an Glanz und Schönheit ausgebreitet, welchen jene blaue Decke verhüllt, deren spiegelnde Fläche den Lichtstrahl zurückwirft und meist dem neugierigen Lauscher fast wie spottend nur das eigene Bild zeigt? Gibt es denn dort unten auch fühlende Wesen, für welche der Anblick des Schönen ein Genuß ist, oder richtiger, welche das physicalisch

Gleichgültige der Gestalt und Farbenzusammenstellung dadurch, daß sie es fühlen und empfinden, erst zum Schönen erheben? Wir wissen es nicht; nur das dürfen wir behaupten: „das Fischlein," dem's nach unserm Dichter „so wohlig auf dem Grunde ist," kann dieses fühlende Wesen nicht seyn, denn die Augen aller Thiere des Wassers sind so construirt, daß sie nur das Allernächste im kleinsten Kreise wahrzunehmen im Stande sind; so daß selbst der dem Elemente fremde Mensch eine weitere und umfassendere Anschauung seiner Eigenthümlichkeiten hat, als der eigentliche Bürger desselben. Mithin bleibt uns nur Eins übrig, um zum Verständniß zu gelangen. So wie an den gothischen Thürmchen des Mailänder Doms die vollendetsten Statuetten nur der Symmetrie wegen selbst an Stellen stehen, wo nie ein menschliches Auge sie erreichen und bewundern kann, so ist auch überall auf der Erde das physicalische Material so geordnet, daß es den Eindruck des Schönen machen muß und die ganze Schöpfung erscheint in sich in allen kleinsten Theilen auch ohne Rücksicht auf den denkenden und empfindenden Menschen nicht nur technisch verständig geordnet, sondern auch künstlerisch ästhetisch vollendet. — Aber lenken wir wieder in unsere einmal begonnene Bahn zurück. Neben jenen düstern Zügen, welche das Meer in seinen Tiefen verschließt und die wir als scharfe Schlagschatten stehen lassen müssen, zeigen sich eben so glänzende Schlaglichter und sanfte Mitteltöne geben dem Bilde einen unendlichen Reiz. Gegen den endlosen Krieg aller der tausend Wesen, welche die Wasserwelt beleben und seine Schrecken mildernd, seine Folgen aufhebend, stellt sich eine so unerschöpfliche Zeugungskraft der Natur, wie sie uns in gleicher Fülle nirgends sonst auf der Erde entgegentritt. Man hat berechnet, daß unter den günstigsten Umständen die Nachkommenschaft eines Kaninchenpaares in 10 Jahren eine Million betragen könne, und dies Resultat als etwas Ungeheures angestaunt. Unter gleichen Voraussetzungen würde schon im dritten Jahre die Nachkommenschaft eines Karpfenpaares eine Zahl bilden, die für uns kaum noch einen Sinn hat, nämlich viele tausend Billionen. — Wenn man Hennen bewunderte, die in einem Jahre bis 200 Eier legten, so zählen bei den meisten Fischen die Eier nur nach Hunderttausenden. Aber alle diese Zahlen werden selbst noch übertroffen von den Mengen der kleineren unvollkommener organisirten Meerbewohner. Der Wallfisch verschluckt auf jeden Bissen Tausende der Chio borealis, welche fast seine alleinige Nahrung sind. — Freycinet und Turrel beobachteten auf der Corvette „la Creole" in der Nähe des Tajo eine Fläche von 60,000,000 Quadratmeter scharlachroth gefärbten Wassers. Die Untersuchung zeigte als Ursache der rothen Färbung eine kleine Pflanze, von welcher 40,000 erst einen Quadratmillimeter bedecken, also etwa 40,000 Millionen die Fläche eines Quadratmeters erfüllen. Da sich nun die Färbung in nicht unbeträchtliche Tiefe erstreckte, so ist die Sprache kaum noch im Stande, annäherungsweise die Zahl dieser lebenden Wesen nur auszusprechen. Häufig zeigen sich an den Küsten von Grönland Streifen von 10 bis 15 engl. Meilen in der Breite und 150—200 Meilen in der Länge, welche durch eine kleine gefleckte Wiebuse dunkelbraun gefärbt sind. Ein einziger Cubikfuß enthält schon 110,592 solcher Thiere, und ein solcher Streifen, der doch nur einen kaum in Betracht kommenden Theil des unermeßlichen Weltmeers ausmacht, eine Anzahl von wenigstens 1600 Billionen lebender Wesen. An diese rasche Vermehrung und Wiedererzeugung der Zahl nach reiht sich dann die außerordentlich schnelle Entwicklung der Einzelwesen. Die meisten Fische sind schon in einem Jahre vollkommen entwickelt, obwohl ihre Größenzunahme viel länger dauern kann und bei einigen Wasserbewohnern, z. B. beim Wallfisch, angeblich gar keine Grenze haben soll. Im Jahre 1842 erhielt man für die bekannte Adelaide-Gallerie in London zwei lebende Exemplare des elektrischen Aales. Sie wogen wenig mehr als ein Pfund. Im Jahre 1848 wog der eine derselben 40, der andere 50 Pfund, sie hatten also ihr Gewicht in jedem Jahre fast genau verdoppelt, ein Wachsthum, von welchem kein in der Luft lebendes Thier auch nur etwas entfernt Aehnliches aufweisen kann.

Endlich kommt noch zu der großen Zahl der Individuen, zu der Schnelligkeit der Entwicklung, die absolute Körpergröße hinzu. So weit wir vergleichen können, hat jede Thiergruppe ihre größten Repräsentanten im Wasser. Das größte Säugethier und überhaupt das größte jetzt auf Erden lebende Thier ist der Wallfisch, der völlig ausgewachsen mindestens noch fünfmal so lang ist, als der größte Elephant. Von den Vögeln hat der fast nur über dem Meere schwebende Albatros die größte Flügelspannung (15 Fuß), aus der Gruppe der Eidechsen lebt die furchtbarste Art, das Crocodil, im Wasser, der kleinen zierlichen Landschildkröte steht die bis 1000 Pfund schwere Riesenschildkröte des Meeres gegenüber. Die größte aller bekannten Schlangen, die brasilianische Anaconda, lebt wenigstens vorzugsweise im Wasser, und unter den giftigen Schlangen scheinen die ostindischen Wasserschlangen die schrecklichsten zu seyn. Nur flüchtig hindeuten will ich hier auf die sich als eine wunderliche Sage in unserer Naturgeschichte erhaltende riesenhafte Seeschlange. Hundertmal als Täuschung erwiesen, hundertmal wenigstens als solche behandelt und bei Seite geschoben, drängt sich die Erzählung von derselben doch immer wieder hervor. Die Unwahrscheinlichkeit, daß ein solches Thier existire, hat noch vor Kurzem einer unserer geistreichsten Zoologen, Professor Owen, mit eminentem Scharfsinn in einem Briefe in Galignanis messenger (vom 23. Nov. 1848) entwickelt, aber die Unmöglichkeit läßt sich doch auch keinesweges darthun und noch aus der neuesten Zeit liegen die Aussagen von Capitain Sulliwan von Halifar, Capitain d'Abnour aus Havre de Grace und Capitain Woodward von Penobscot vor, welche die Seeschlange deutlich gesehen zu haben mit ihrer ganzen Mannschaft beschworen. Ja der Letztere sah sie während einer ganzen Stunde nur wenige Schritte von seinem Schiffe, mit großer Wuth dasselbe verfolgend und angreifend, nachdem er zweimal eine kleine mit Flintenkugeln geladene Kanone auf sie abgefeuert, aber scheinbar ohne ihren festen Schuppenpanzer im Geringsten zu verletzen. Vielleicht ist die große Seeschlange ein noch lebendes Individuum von jenem furchtbaren Hydrarchos, dessen fossiles Skelett Dr. Koch vor einigen Jahren in Alabama aufgefunden und auch in Deutschland zur Schau stellte, und dieses arme Wesen, der einzige noch lebende Zeuge einer längst untergegangenen Schöpfungsperiode, streift nun rast- und ruhelos, wie ein ewiger Jude, unter den Thieren einsam durch die ihm fremd gewordene Welt. — Sey dem, wie ihm wolle, wir bedürfen wahrlich der Fabeln nicht, um das Meer mit allem Zauber der Feenmährchen zu schmücken. Ein flüchtiger Ueberblick der Flora und Fauna des Meeres wird genügen, um diese Behauptung zu rechtfertigen. Die ganze submarine Vegetation wird fast ausschließlich von einer einzigen großen Pflanzenklasse, „den Algen oder Tangarten," gebildet. Obwohl geschlechtslose Pflanzen und sehr einförmig in ihren Fortpflanzungsorganen, entwickeln dieselben doch einen so außerordentlichen Formenreichthum, daß eine Landschaft am Boden des Meeres kaum weniger interessant und mannigfaltig ist als eine Gegend, welcher die wärmere Tropensonne den Character vegetativer Ueppigkeit verliehen hat. Die eigenthümliche bald gallertartig weiche, bald knorplig-derbe Beschaffenheit aller Theile, die seltsame Vereinigung runder, langgestreckter und wiederum flach ausgebreiteter Organe, welche gleichwohl die Anwendung der Ausdrücke „Stengel und Blatt" sogleich als völlig unpassend erkennen lassen, die prachtvollen intensiven Farben von grün, olive, gelb, rosa und purpur, zuweilen regenbogenähnlich auf derselben blattähnlichen Fläche verbunden, geben dieser Vegetation durchaus den Character des Ungewöhnlichen, Mährchenhaften. Noch zu Linnés Zeiten war unsere Kenntniß dieser Pflanzen sehr geringe. Die 70 Arten, welche jener Vater der Botanik bei Aufstellung seines Systems kannte, haben sich gegenwärtig auf fast 2000 vermehrt, und zwar sind es gerade nicht nur die kleinen, leicht zu übersehenden Formen, sondern geradezu die größten Arten, die 100 bis 1500 Fuß langen Riesen der submarinen Wälder, mit welchen uns erst neuere Forscher bekannt gemacht haben. Lamourcour, Bory St. Vincent und Greville haben sich auf diesem Felde die größten Verdienste um die Wissenschaft erworben. Vor Allem aber haben in neuester Zeit die Expeditionen des Capitain Roß nach den Südpolargegenden und die auf Kosten des Kaisers von Rußland und der Petersburger Akademie unternommenen Reisen von Martius, Postels, von Baer und Andern in die nördlichen Polarländer uns eine ganz neue Ansicht dieser Verhältnisse eröffnet. Es ist nicht das uninteressanteste Ergebniß dieser Forschungen, daß auch die Meeralgen gerade wie die Vegetation des festen Landes an geographische Grenzen und eine bestimmte Vertheilungsweise gebunden sind. Bedenkt man, daß auf der Erde die geographische Anordnung der Pflanzen vorzugsweise durch die verschiedene Vertheilung der Wärme und Feuchtigkeit bedingt wird, daß aber das Meer so äußerst geringer Temperaturunterschiede fähig ist und schon in verhältnißmäßig seichter. Tiefe unter allen Zonen denselben Wärmegrad zeigt, so muß es allerdings auffallen, daß wir in der submarinen Flora so wesentliche Verschiedenheiten selbst in verwandten oder nahe gelegenen Regionen antreffen, wie z. B. sich das schwarze Meer vom adriatischen oder das Eismeer längs der lappländischen und sibirischen Küste von dem kamschatkischen Meer und den Küsten der Aleuten und Kurilen unterscheidet. Im Allgemeinen kann man sagen, daß die Algen vorzugsweise in der gemäßigten Zone ihren ganzen Reichthum entfalten, dagegen nach dem Aequator zu fast ebenso wie gegen die Pole hin abnehmen. An den Küsten der Insel Sitka zeigt sich dem Taucher diese eigenthümliche Vegetation in ihrer üppigsten Fülle. Einem Urwalde gleich drängt sich hier Pflanze an Pflanze. Die kleinen Cónferven und Cerocarpeen überziehen den Boden mit einem grünen Sammetteppich, auf dem der Meersalat mit seinem breiten Laube die größern Kräuter vertritt; — dazwischen glänzen die mächtigen Blätter der mantelförmig gefalteten Irideen in prachtvollem Rosenroth oder Scharlach; — mannigfaltige Tangarten bekleiden die Klippen mit dunkler Olivenfarbe, zwischen denen dann wieder die prachtvolle Meerrose mit ihrem zarten Farbenspiel hervorleuchtet; — gelb, grün und rothschillernd, bald als Riesenfächer sich ausbreitend, bald als mehrere Fuß lange und breite Blätter im Strome schwankend, bilden die seltsam netzförmig durchbrochenen Thalasstoybollen und Agaven die größeren Büsche dieses Waldes; als dessen Bäume erscheinen dann die oft 30 Fuß langen, breiten Bändern gleich wallenden Laminarien, wechselnd mit den buschig verzweigten Macrocystisarten mit ihren birnengroßen Blasen, dann zeigen sich die langgestielten Alarien, deren Stamm, sonderbar von einem manschettenähnlichen Blattbüschel umfaßt, sich nach oben in das riesenförmige, oft 50 Fuß lange Blatt ausbreitet. Aber alles überragend heben sich dazwischen die merkwürdigen Nereocysten hervor; aus korallenähnlicher Wurzel steigt der fadendünne Stiel bis zu einer Länge von 70 Fuß auf, allmählig keulenförmig bis zu einer mächtigen Blase anschwellend, auf dieser schwankt dann ein dichter Büschel schmaler, bis 30 Fuß langer Blätter. Man könnte sie die Palmen des Meeres nennen. Und diese ganze mächtige Pflanze ist das Product weniger Monate, denn alljährlich stirbt sie ab und erzeugt sich aufs Neue aus ihrem Samen. — Den Boden dieser submarinen Wälder beleben die Seesterne, an den Stämmen haften die Muscheln und Balanen, zwischen dem Laube jagen die gefräßigen Raubfische ihrer schwächeren Beute nach und auf den schwimmenden Inseln, welche von den dichtgedrängten Blättern der Nereocysten gebildet werden, ruht die glänzende Meerotter, behaglich im Sonnenschein sich wärmend, weshalb die Pflanze vom Volke mit dem Namen „Otternkohl" (Bobrowaja Kapusta) bezeichnet wird. So vollendet sich das Gemälde einer Landschaft, welche in ihrer Eigenthümlichkeit zu bewundern nur wenig Sterblichen vergönnt ist. Eine malerische Darstellung davon findet sich in Ruprecht und Postels prachtvollem Algenwerke mit großer Kunst ausgeführt. Wallroſſe und Seekühe, Rytinen und Meerweibchen leben von der Vegetation der Tange und es iſt ſchon von vornherein anzunehmen, daß der Menſch nicht verſäumt hat, auch hier von ſeinem Erbtheil Beſitz zu nehmen. In der That iſt der Nutzen, den dieſe Pflanzen gewähren, insbeſondere für die Küſtenländer keineswegs gering anzuſchlagen. Selbſt auf den Straßen Edinburghs hört man auch noch jetzt nicht ſelten den Ruf „Buy pepper-dulse and tangle" erſchallen, womit die Bewohner benachbarter Küſtendörfer ihren Meerſalat anpreiſen; das ſogenannte irländiſche Moos oder Carragheen und der Mehltang ſind bedeutende Handelsartikel geworden und werden oft anſtatt des Salepp, des Arrowroots, oder isländiſchen Mooſes für Bruſtkranke oder Kinder als leicht verdauliches Nahrungsmittel verordnet. Noch bedeutender iſt die Anwendung der größeren Tangarten, wie des Zuckertangs, des Schaftangs und anderer, zur Ernährung des Schaf- und Rindviehs, zumal an den Küſten der Normandie, Irlands, Schottlands und Norwegens, ſo wie auf den Faerörn und auf Island. Die großen Tangbügel, welche jeder Sturm an den Weſtküſten Europas aufwirft, werden an den Nordküſten von Frankreich von den Landwirthen ſogar mit bedeutenden Koſten als ſehr werthvolle Düngeſubſtanz viele Meilen weit landeinwärts gefahren. Der bei Weitem wichtigſte Nutzen dieſer Pflanzen gründet ſich aber auf eine phyſiologiſche Eigenheit ihres Ernährungsproceſſes. In neuerer Zeit iſt ein merkwürdiger Elementarſtoff, die Jodine, in technischer, besonders aber in medicinischer Hinsicht außerordentlich wichtig geworden. Diese Substanz erscheint in schwarzen, metallisch glänzenden, krystallinischen Plättchen, löst sich in Wasser mit dunkelgelber Farbe auf und verwandelt sich erhitzt in prachtvoll veilchenblaue Dämpfe. Dieser letztern Eigenschaft verdankt die Jodine ihren Namen, welcher vom griechischen Wort Jon „das Veilchen" abgeleitet ist. Außer schwachen Spuren, die man in einigen Mineralwässern aufgefunden hat, findet sich dieser Stoff nur im Meere, aber auch hier in so geringer Menge, daß es unmöglich wäre denselben ohne die ungeheuersten Kosten aus dem Seewasser darzustellen. Hier kommen uns nun die Tange zu Hülfe, indem sie bei ihrer Ernährung die Jodineverbindungen des Seewassers gleichsam sammeln und aufbewahren, so daß man dieselben in nicht unbeträchtlicher Menge in ihrer Asche wiederfindet. An den Küsten von Frankreich, Irland und Schottland dienen die oft bergähnlichen Massen Seetang, welche die Wellen an den Strand werfen, den ärmern Leuten auch als Brennmaterial, und die Asche, sorgfältig gesammelt, kam in früheren Zeiten unter dem Namen Kelp oder Varec, als eine Art unreiner Soda, zur Benutzung bei der Seifenfabrikation in den Handel. Dieser Erwerbzweig würde längst für jene armen Leute erloschen seyn, da man, durch die Fortschritte der Chemie gefördert, sich die Soda jetzt besser und billiger auf anderem Wege verschaffen kann, wenn nicht im Jahre 1811 der Seifenfabrikant Courtois zu Marseille in dem Kelp die Jodine entdeckte, auf=

merksam gemacht durch die bei starkem Abdampfen der Lauge plötzlich sich entwickelnden blauen Dämpfe. Dieselbe wurde bald ein vielfältig begehrter Stoff, und sie wird in der That noch jetzt ausschließlich aus den Aschenrückständen der Meerpflanzen gewonnen. Wir haben früher Gelegenheit gehabt, die Productionskraft des Meeres in einigen Beispielen zu bewundern, und in der That muß man erstaunen, wenn man die Berge von Pflanzenmassen sieht, die jeder Sturm am Strande anhäuft, welche der erwerbsfleißige Mensch für seine Zwecke verwendet und die doch Jahr aus Jahr ein in unverminderter Menge ihm vom nassen Elemente wieder zugeführt werden. Schon den ältesten Völkern hat sich diese Schöpferkraft des Meeres aufgedrängt und überall ist ihnen ihr vornehmstes Element, „das Flüssige," die Geburtsstätte alles Lebendigen. Die morgenländischen und indischen Dichtungen, die Fabeln der Griechen vom erdumfassenden Okeanos und selbst die jüdische Sage in den Worten: „die Erde war wüste und leer und der Geist Gottes schwebte über den Wassern," deuten mehr oder minder bestimmt auf den Ursprung alles Lebens aus dem ewigschaffenden und erzeugenden Naß. Selbst bis in die neueste Wissenschaft hinein hat sich in der Lehre von den Infusions- oder Aufgußthierchen und Pflänzchen der Gedanke erhalten, daß Wasser und Wärme zum Entstehen des organischen Lebens genüge. Noch immer ist der Streit nicht geschlichtet, ob die zahlreichen kleinen Thierchen und Pflanzen, welche sogleich in jedem nicht reinen Wasser sich bilden, sobald die Temperatur der Luft zu niedrig ist,

r Daseyn den unsichtbar kleinen, von der Luft
neingeführten Keimen oder der noch immer
rtdauernden Schöpferkraft der Natur verban=
n. Wenn auch die geistreichsten Forscher, die
insten Experimentatoren sich jetzt mehr und
ehr zu der Ueberzeugung bekennen, daß eine
lche fortgehende Schöpfung organischer Wesen
ch weder mit der Erfahrung, noch mit den Grund=
tzen einer gesunden Naturphilosophie vereini=
en lasse, so gibt es doch auch noch immer be=
chtenswerthe Gegner dieser Ansicht und gar
manche Thatsache wird noch lange als ungelö=
es Räthsel stehen bleiben müssen. Weit ent=
rnt, hier auf diesen Streit weiter einzugehen,
ill ich nur eins der frappantesten und nächst
elegenen Beispiele hier hervorheben, weil es
ie keins geeignet ist, zugleich die bewunderns=
ürdige Schnelligkeit und Fülle in der Ent=
icklung des organischen Lebens in das hellste
icht zu setzen. Wenn man den Saft der wein=
eifen Traube filtrirt, so erhält man eine klare,
asserhelle Flüssigkeit. Schon nach einer halben
Stunde fängt dieselbe an zu opalisiren, trübe zu
erden, Gasblasen zu entwickeln, mit einem
Worte in Gährung überzugehen, schon nach drei
Stunden sammelt sich auf der Oberfläche der
lüsse eine beträchtliche Schicht einer graugelb=
chen Substanz, „der Hefe," welche, unter dem
Mikroskop betrachtet, sich als eine Anhäufung
hlloser kleiner Pflänzchen aus der Gruppe der
onserven zu erkennen gibt. Wenige Stunden
eichen hier hin, um, je nach der Menge der
lüssigkeit, Tausende und Millionen dieser klei=
en Pflänzchen entstehen zu lassen. Ein einziger

Cubikzoll Hefe besteht schon aus 1152,000000 Pflänzchen, und nun mag man ermessen, welche Zahlen die in einem einzigen Gährbottig oder gar bei sämmtlicher Wein= und Biergährung nur eines Jahres entstehenden Individuen ausdrücken würden.

Doch es sey mir vergönnt zu der Betrachtung der Flora und Fauna des Meeres zurückzukehren. Wir haben ein reiches Bild aufgerollt, das uns die Fülle der Pflanzenwelt in den nordischen Meeren vorführt. Verlassen wir jetzt diese unterseeischen Wälder mit ihren vegetabilischen Riesen, die Macrocystis pyrifera z. B. erreicht in den antarctischen Meeren die ungeheure Länge von 500 bis 1500 Fuß — scheiden wir mit einem flüchtigen Blicke von den spielenden Wallfischen, den Heerden der Seehunde, von den Myriaden der Kabljaue, Häringe, der Lachse und Thunfische, wenden wir uns in die Regionen der heißen Sonne, mit erwartungsvollem Blicke, ob vielleicht hier, wie auf dem Lande, auch in den Tiefen des Oceans die Natur ihre reicheren Schätze ausgebreitet habe.

Wir tauchen nieder in den flüssigen Krystall des indischen Meeres und es eröffnet sich uns der wunderbarste Zauber aus der Mährchenwelt unserer Kinderträume. Die seltsam verästelten Gebüsche tragen lebendige Blumen. Dichte Massen von Mäandrinen und Aströen contrastiren mit den laub= u. becherförmigen Ausbreitungen der Explanarien, mit mannigfach verzweigten Madreporen, die theils fingerförmige, theils stammartige Aeste, theils die zierlichsten Verzweigungen besitzen. Das Colorit ist unübertrefflich, lebhaftes Grün wechselt mit Braun oder Gelb, mit reichen Purpurschatten vom blaßen Rothbraun bis zum tiefsten Blau vermischt. Hellrothe, gelbe und pfirsichfarbene Nulliporen überkleiden die abgestorbenen Massen und sind selbst wieder mit den perlfarbnen Flächen der, dem zierlichsten Elfenbeinschnitzwerk gleichenden Retiporen durchwebt. Daneben schwanken in gelb oder lilla die gitterartig durchbrochenen Fächer der Gorgonien; — den klaren Sand des Bodens bedecken in tausend abenteuerlichen Gestalten und Farbenspielen die Seeigel und Seesterne. Gleich Moosen und Flechten haften die blattartigen Flustren und Escharen an den Zweigen der Korallen, wie ungeheure Schildläuse kleben an ihren Stämmen die gelb und grün und purpurgestreiften Patellen, — als riesengroße Cactusblüthen in den brennendsten Farben strahlend, breiten die Seeanemonen auf den Felsenabsätzen ihre Kränze von Fühlern aus oder schmücken bescheidner, bunten Ranunkeln gleich, ein flacheres Beet. Um die Blüthen der Korallensträuche spielen die Colibris des Meeres, kleine Fische bald in rothem oder blauem metallischen Schimmer, bald mit goldnem Grün, bald im hellsten Silberglanz funkelnd. Leise schwanken, wie Geister der Tiefen, die zarten milchweißen oder bläulichen Glocken der Medusen durch diese Zauberwelt. Hier jagen sich die violett und goldgrün schillernde Isabelle, und die feuergelb, schwarz und zinnoberroth gestreifte Kokette, dort schießt schlangengleich, wie ein fünf Fuß langes Silberband, in rosigen und azurnen Lichtern schillernd, der Bandfisch durch das Gebüsch. Dann kommen fabelhafte Sepien, prangend in allen Farben des Regenbogens, die aber ohne bestimmte

Zeichnung bald entstehen, bald vergehen, bald auf die phantastischste Weise durcheinanderlaufen, sich suchen und wieder trennen. Und Alles das im schnellsten Wechsel und wunderbarsten Spiel von Licht und Schatten, das jeder Windhauch, jede leise Kräuselung der Meeresfläche ändert. — Wenn nun der Tag sich neigt und die Schatten der Nacht auch in die Tiefen greifen, da leuchtet dieser phantastische Garten wieder auf in neuer Pracht. Millionen glühender Funken, mikroskopisch kleine Medusen und Krebse, tanzen wie Leuchtwürmchen durch das Dunkel, — in grünlichem Phosphorlicht schwankt die am Tage zinnoberrothe Seefeder, — in allen Winkeln leuchtet es auf; was vielleicht am Tage noch braun und unscheinbar in dem allgemeinen Farbenglanze verschwand, das strahlt jetzt im wunderbarsten Spiel des grünen, gelben und rothen Lichtes; und um die Wunder dieser Zaubernacht zu vollenden, zieht sanft leuchtend eine 6 Fuß große Silberscheibe der Mondfisch durch das Gewimmel der kleinen funkelnden Sterne.

Nicht die üppigste Vegetation einer Tropenlandschaft kann einen größeren Formenreichthum entwickeln, während sie in Mannigfaltigkeit und Pracht der Farbenspiele weit hinter dieser Gartenlandschaft zurückbleibt, die seltsamer Weise ausschließlich von Thieren und nicht von Gewächsen gebildet wird. Denn, so characteristisch für den Meeresboden der gemäßigten Zone die üppige Entwicklung der Pflanzenwelt ist, ebenso hervorstechend ist in den Tropengegenden der Reichthum und die Mannigfaltigkeit der Meeres-Fauna. Was die großen Classen der Fische und Stachelhäuter, der Quallen und Polypen, der

Schnecken und Muscheln Schönes, Wunderbares oder Abenteuerliches enthalten, das drängt sich in dem warmen und krystallhellen Wasser der tropischen Meere zusammen, wurzelt im weißen Sande, bekleidet die schroffen Klippen, haftet, wo der Platz schon eingenommen, parasitisch an anderen, oder schwimmt in Höhe und Tiefe durch das Element, während die Pflanzenwelt der Masse nach bei Weitem zurücktritt. Eigenthümlich ist dabei, daß das auf dem Lande geltende Gesetz, nach welchem die Thierwelt, geeigneter sich den äußeren Verhältnissen anzubequemen, eine größere Verbreitung hat als die Pflanzenwelt, — denn die Polarmeere wimmeln noch von Walen, Robben, Seevögeln, Fischen und zahllosen niedern Thieren, wenn schon längst jede Spur der Vegetation in dem ewig starrenden Eise verschwunden ist und selbst das durchkältete Meer keinen Tang mehr hegt — daß, sage ich, dieses Gesetz auch für das Meer in der Richtung der Tiefe gilt, denn, wenn wir herabsteigen, verschwindet das pflanzliche Leben viel früher als das animalische, und selbst aus Tiefen, die kein Lichtstrahl mehr zu erreichen vermag, fördert das Senkblei wenigstens noch lebende Infusorien zu Tage.

Es ist nicht mein Beruf, den großen Reichthum dieser thierischen Wasserwelt, ihre merkwürdigen Eigenthümlichkeiten, ihre mannigfachen Beziehungen zum Menschen und seinem Haushalt weiter zu entwickeln, auch bliebe mir hier nicht die Zeit, da eine einzelne Gruppe noch unsere Aufmerksamkeit auf sich ziehen wird, welche mit den besonderen Interessen des Botanikers in näherer Beziehung steht, indem sie wenigstens einen An theil hat an der Bereitung des Bodens, auf welchem die Pflanzen wurzeln sollen, ich meine die Korallen. So mag denn das skizzenhaft entworfene Bild genügen, den Reichthum mehr errathen zu lassen als aufzuzeigen, mehr das Wunderbare anzudeuten, als in seiner ganzen Fülle und Macht vorzuführen. Das Meer birgt ohne Zweifel die größten Wunder der Schöpfung und schon ist vieles, was früher nur in den Sagen der Dichter zu leben schien, uns in naturhistorischer Wirklichkeit entgegengetreten. Ein Zug noch mag hier erlaubt seyn, um dem Bilde ganz den Charakter des Feenmährchens aufzudrücken. Der einsame Wanderer, den sein Wissensdurst an die Küsten Zeilons getrieben, um dort im klaren Elemente den unermeßlichen Reichthum des Geschaffenen zu erforschen, kehrt Abends mit den gewonnenen Schätzen in seine Behausung zurück, da tönt vom nahen Ufer durch die zauberische Mondnacht eine melancholische, melodische Musik wie Aeolsharfen, die in ihren wechselnden zarten Klängen gleichwohl das Rauschen der Brandung übertönt. Die alte Sage vom Sirenengesange wird lebendig. Es sind die „singenden Muscheln", welche vom Strand her ihre sanftklagende Stimme vernehmen lassen. Doch ich kehre zurück zu der animalischen Landschaft, welche ich mit einigen Strichen zu zeichnen versucht habe. Unter den mannigfaltigen Gebilden, welche an der Composition Antheil haben, nehmen theils durch ihre Schönheit, theils durch ihre wunderbare Oekonomie, theils durch den eigenthümlichen Einfluß, den sie auf die Bildung des festen Landes ausüben, die Korallen vorzugsweise unsere Aufmerksamkeit in Anspruch. Schon den Griechen bekannt, und von ihnen „die Jungfrauen des Meeres" (Kure halos, davon der Name Curalium, später Corallium, Koralle) genannt, sind sie von den ältesten Zeiten an Gegenstand der Forschung, aber auch seltsamer Fabeln oder wissenschaftlicher Irrfahrten gewesen. Ueberrascht von der Erscheinung, daß die schön gefärbten, zierlichen Blumengestalten aus ihrem Elemente gehoben nur als unscheinbare bräunliche Steinklumpen in der Hand des Neugierigen liegen, hielt man lange die Ueberzeugung fest, daß es wirkliche, zarte, weiche Seepflanzen seyen, die aber an der Luft sogleich versteinerten, ein Irrthum, der durch die Verwechslung der wirklichen Steinkorallen mit den weicheren, knorpeligen Arten noch mehr befestigt und erhalten wurde. Selbst noch im vorigen Jahrhundert war der Glaube an ihre pflanzliche Natur so allgemein vorherrschend, daß Reaumur (1727) den Namen Peyssonels aus Schonung verschweigen zu müssen glaubte, als er dessen Abhandlung über die Thiernatur der Korallen der Pariser Akademie mittheilte, fürchtend, daß eine so thörichte Ansicht genügen möchte, den jungen aufstrebenden Naturforscher für immer um seinen wissenschaftlichen Credit zu bringen. Erst 1740 setzte der unsterbliche holländische Gelehrte Trembley die thierische Natur der Korallen und die Verwandtschaft der Korallenthiere mit den übrigen Polypen außer allen Zweifel, und Ellis, Pallas und Cavolini erweiterten in der zweiten Hälfte des 18. Jahrhunderts unsere Kenntniß dieser interessanten Thierclasse. Schon früher war man darauf aufmerksam geworden, daß wenigstens ein Theil dieser Thiere in ihrem Innern einen steinigen Kern aussondere, welcher, aus kohlensaurem Kalk gebildet, den mannigfach gestalteten, bald flach polsterförmigen, bald verästelt baumförmigen Polypenstock darstellt. Derselbe wird von einer schleimig=thierischen Substanz wie von einer Haut überzogen, welche gleichsam die organische Verbindung zwischen den zahlreichen einzelnen Polypenthieren herstellt, die auf diese Weise eine ganze und lebendig verbundene Familie ausmachen. Im Jahre 1702 machte ein wenig bekannter englischer Reisender Strachan, darauf aufmerksam, daß die Korallen selbst größere Felsenmassen zu bilden im Stande seyen, aber erst der geistreiche Begleiter Cooks, Johann Reinhold Forster, sprach es 1780 bestimmt aus, daß gar viele der Südseeinseln geradezu dem Bau der Korallenthiere ihr Daseyn verdankten. Diese Ansicht wurde später von Flinders und gleichzeitig von Peron bestätigt und weiter ausgeführt. Man legte jenen kleinen Polypen das Verdienst bei, vom Meeresboden auf, oft aus unergründlicher Tiefe ringförmige Mauern bis zur Oberfläche der See aufzuführen, um dann in dem selbstgebauten, vor der Brandung geschützten, stillen Hafen ungestört zu leben, bis das Meer durch seine Wogen diesen Raum mit Sand und Muschelstücken ausgefüllt, und angetriebene Baumstämme, Samen und Vögel, von dem neugebildeten Lande Besitz nehmend, die Erbauer und ersten Eigenthümer verdrängt hätten. Diese Lehre schien viel Wahrscheinliches für sich zu haben und wurde besonders begierig von den Geognosten aufgegriffen, welche darin für manche Erscheinungen des festen Landes eine genügende Erklärung zu finden glaubten. In der That bestehen oft ganze Bergzüge ausschließlich aus Korallen, wie sich z. B. ein ganzer Kranz solcher Korallenberge nur mit wenigen Unterbrechungen um den Fuß des ganzen thüringer Waldes herumzieht und namentlich in der Gegend von Pößneck in kühnen Klippen zu Tage tritt. Dieses waren aber nur die ersten Anfänge einer langen Reihe der gründlichsten Untersuchungen und geistreichsten Forschungen zur Erklärung der mächtigen Korallenbildungen des stillen Oceans, welche erst vor wenigen Jahren durch den genialen englischen Reisenden und Zoologen Charles Darwin, wie es scheint, ihren endlichen richtigen Abschluß gefunden haben. Es sey mir erlaubt, ehe ich weiter in diese interessante Materie eingehe, eine kurze Schilderung der Korallenriffe und Inseln der Südsee voranzuschicken. Nichts hat die Reisenden von Cook bis auf unsere Zeit mehr in Erstaunen gesetzt und ihren Scharfsinn in mannigfacher Richtung zur Thätigkeit angeregt als die sogenannten Laguneninseln oder die Atolle der Maledivensgruppe. Eine oft wenige hundert Schritte breite, wenige Fuß über dem Meere hervorragende kreißförmige Insel, rings von der ungestümsten Brandung umtobt, umschließt ein Bassin von völlig ruhigem Wasser. Nur wenige Pflanzenarten, unter denen die Cocospalmen stets die überwiegenden sind, bilden gleichsam einen grünen Kranz um das innere Becken. Das seichte, klare, stille Wasser dieser Lagunen, deren Grund fast nur blendend weißer Sand ist, erscheint unter senkrechter Sonnenbeleuchtung mit lebhaft grüner Farbe; die glänzende Fläche, oft mehr als eine Meile breit, wird ringsum von den dunkeln, fast schwarzen schwellenden Wassern des Oceans durch einen Streifen schneeweißer Brandung geschieden, auf denen sich die schlanken Zeichnungen und das frische Grün der Palmen mit wunderbarer Schärfe hervorheben, über dem Allen lagert sich das gleichförmig tiefe Azurblau des Himmelsgewölbes. Das Ganze macht den Eindruck majestätischer Größe und einfacher Erhabenheit. Noch wunderbarer sind die Erscheinungen großer kreisförmiger Brandungen, die eine stille Wasserfläche einschließen, ohne daß auch nur der geringste Streifen Landes über dem Wasserspiegel hervorragend die Grenze bildete, wie solche zuerst von Cook im stillen Meer beobachtet wurden. Größere und ausgedehntere Korallenriffe mit ihrem Palmenkranze umgeben oft in meilenweiter Entfernung eine Berginsel und der Reisende hat hier am Fuße bewaldeter Gipfel um sich die reichste und üppigste Tropenvegetation, vor sich einen glatten Spiegel des klarsten Wassers, begrenzt durch eine Palmenlinie und darüber hinaus die weiße Brandung und den endlosen Ocean. Dies sind gerade die Elemente, welche Alle zum Entzücken hinreißen, denen vergönnt war, die Königin der Inseln, das reizende Tahiti, oder die durch den Schiffbruch La Peyrouse's so traurig berühmte Insel Vanikoro zu besuchen. Andere Inseln haben dicht an ihrem Ufer einen schmalen Kranz von Korallenbänken, während wieder längs der größeren Küste z. B. Australiens in einer Ent=

fernung von 5—10 Meilen mächtige Korallenriffe eine oft 300 Meilen lange Barre bilden. Und wiederum finden sich andere Inseln, auf denen sich, gleichlaufend mit dem Uferrande, aber hoch über den höchsten Wasserstand, hohe und breite Wälle von abgestorbenen Korallen finden. — Alle diese verschiedenen Verhältnisse muß derjenige in ein Bild zusammenfassen, der es unternimmt, die eigenthümlichen Korallenbildungen des stillen und indischen Oceans erklären zu wollen, denn ein Erklärungsversuch muß nothwendig als mißlungen bezeichnet werden, welcher nur eine vereinzelte Erscheinung herausgreifend alle übrigen als unverstandene Thatsachen bestehen läßt. Wie schon erwähnt, sind von allen diesen Bildungen die Laguneninseln bei Weitem die merkwürdigsten und haben daher auch am meisten die Aufmerksamkeit auf sich gezogen. Tausende von Inseln, auf einem ausgedehnten Flächenraum der Südsee ausgebreitet, zeigen alle dieselben Erscheinungen; alle nur wenige Fuß über dem Meere erhaben, welches außerhalb eine unergründliche Tiefe zeigt, alle ringförmig ein Wasserbecken einschließend, alle mit Ausschluß jedes andern Stoffes nur aus dem Bau noch lebender Korallen, aus den Bruchstücken des von der Brandung zerstörten gebildet und aus den von derselben Gewalt zu Staub zermahlenen Stücken mit einem glänzend weißen Sande bedeckt. Hier ist nichts als der kohlensaure Kalk des Polypenstocks als Bruchstück oder Sand, und der Indianer, der eine solche Insel in Besitz genommen, sucht mit gieriger Hast in dem Wurzelgeflecht eines von fernher angetriebenen

Baumes nach einem zufällig darin verstrickten
härtern Stein, um seine Pfeile zu spitzen oder
Feuer zu schlagen. — Dieses Land, von Polypen
unter Wasser gebaut und nur durch die von den
Wellen heraufgeschleuderten Bruchstücke bis über
die Fluthmarke erhöht, muß von denselben Wo=
gen, denen es seine Entstehung verdankt, auch
bepflanzt, bevölkert werden. Die Welle trägt
Samen, trägt ganze noch lebende Bäume heran,
mit den letzteren auch wohl eine Eidechse, einige
Insecten, Wasservögel mancher Art beleben den
so dürftigen, erst allmählig mit Vegetation sich
deckenden Streifen Landes. Die Cocos= oder
Keelingsinsel hat unter ihren 30 Pflanzen einige,
die ihr von Java und Australien zugeführt wur=
den, was aber nur dann möglich ist, wenn die ja=
vanischen Samen vom Nordwest Monsoon bis
an die Küste Australiens getrieben und von hier
in Begleitung australischer Samen durch den
Südostpassat an die Keelingsinseln gelangten,
nachdem sie also eine Reise von 1800 bis 2400
englischen Meilen auf den Wellen treibend zurück=
gelegt hatten. Die ältesten Reisenden, welche nur
diese merkwürdigen Laguneninseln ins Auge faß=
ten, glaubten, daß der ganze Bau aus den Tiefen
des Meeres von den Korallenthieren aufgeführt
sey, eine Ansicht, die freilich sogleich aufgegeben
werden mußte, als man bemerkte, daß die Felsen
bauenden Korallen nicht tiefer als etwa 50 Fuß
unter dem Meeresspiegel leben können. — Spä=
ter meinte man besser durchzukommen mit der
Annahme, daß die Korallen auf dem Kraterrande
großer submariner Vulkane ihren Bau aufführ=

Schleiden.

ten. Man übersah hier die auffällige Unwahrscheinlichkeit, daß die Südsee viele Tausende von untermeerischen Vulkanen besitzen sollte, die alle ganz genau von gleicher Höhe seyen. Auch hat man die übrigen Korallenriffe bei diesem Erklärungsversuch nicht berücksichtigt, auf welche die Annahme solcher submariner Kratere und Gebirgszüge durchaus unanwendbar ist, da sich die Korallenriffe oft ununterbrochen in einer Länge von 10—20 Meilen fortziehen, während doch ein Gebirgskamm, welcher auch nur auf eine Viertelmeile eine gleiche Höhe hätte, sonst auf der ganzen Erde ohne Beispiel ist. Erst von Charles Darwin, welcher in den Jahren 1832—1836 den Capt. Fitzroy auf seiner Reise um die Welt begleitete, wurden alle die erwähnten Thatsachen im Zusammenhange aufgefaßt und in eine erklärende Theorie verbunden. Vorzüglich wurde er dabei durch eine genauere Kenntniß des eigenthümlichen Lebens der Korallenthiere unterstützt, welches sich ihm, dem gründlich gebildeten Zoologen, klarer als anderen nicht so begünstigten Reisenden darstellte. Die Grenze des Korallenwachsthums nach oben ist durch den niedrigsten Wasserstand gegeben, da sie von der Sonne und Luft getroffen augenblicklich absterben. Sie bauen niemals in trübem, niemals in ruhigem Wasser, sondern wunderbarer Weise nur inmitten der heftigsten Brandung, so daß hier die Kraft des Lebendigen einen siegreichen Kampf mit der sonst die härtesten Felsmassen zerstörenden Kraft der Wellen besteht. Alle diese Eigenheiten erwägend, alle Verschiedenheiten in der Bildung und im Vorkommen der Korallenriffe sorgfältig ins Auge fassend, kam nun Darwin zu dem überraschenden Schluß, daß das wesentliche allen diesen Erscheinungen zu Grunde Liegende nicht das Aufbauen der Korallen, sondern vielmehr eine allmählige Hebung oder Senkung des Bodens sey, auf welchem die Korallen ihren Bau zuerst begonnen. Es ist wirklich bewundernswürdig, wie durch diese Annahme sich so einfach alle wirklich vorkommenden Erscheinungen aus einem und demselben geologischen Phänomen ableiten lassen. Denken wir uns eine Insel im Gebiete der felsenbildenden Korallenpolypen, so werden diese sich rings um dieselbe herum festsetzen und ihren Bau beginnen und zwar in einer solchen Entfernung vom Uferlande, daß die durch die Wellenbewegung am Strande hervorgebrachte Trübung des Wassers die fleißigen Thierchen nicht mehr stört. Haben dieselben auf diese Weise bis zur Höhe des niedrigsten Wasserstandes eine Felsenbank um die Insel herum aufgeführt, so können sie höchstens noch nach Außen in die Breite bauen. Nun aber werden auch die Wogen ihre Macht geltend machen, manches Stück vom Korallenfelsen wird abgerissen und auf die Bank hinaufgeworfen, hier durch Zusammenreiben zermalmt, durch den Staub und das Seewasser werden die Zwischenräume ausgefüllt und verkittet und so fort, bis endlich die Bank so hoch aufgeworfen ist, daß die Fluthwelle nicht mehr hinaufreicht. Hebt sich nun die ganze Insel, wie Otaheite, durch vulkanische Kräfte langsam aus den Fluthen, so sterben die Korallenthiere an der Luft ab, und die mittleren höheren Theile der Insel sind dann von einem Kranz von Korallenfelsen und Klippen umgeben, außerhalb welcher erst der flachere Strand beginnt. Dies ist genau der Zustand, in welchem sich der thüringer Wald befunden haben muß zu einer Zeit, als der größte Theil Deutschlands noch vom Meere bedeckt war, aus welchem nur der Oberharz, der Taunus, und einige andere Gebirgsstöcke gleich dem thüringer Wald als bergige Inseln hervorragten.

Weit mannigfaltiger aber werden die Bildungen, wenn die Insel, nachdem sie von einer Corallenbank umsäumt ist, statt sich zu heben, sich senkt. Das Land ist hier unwiederbringlich im Ocean verloren, nicht so das Korallenriff, denn so wie dasselbe in die Fluth eintaucht, gewinnen die Polypen immer wieder Raum zum Höherbauen und die Fluthwellen heben die obere Fläche immer wieder durch aufgeworfene Bruchstücke und Sand über den Wasserspiegel heraus. Sehr bald aber ist dadurch die Bank weit von der immer kleiner werdenden Insel entfernt, obwohl auch die Korallenriffe, weil von Außen immer die Wellen etwas abreißen und zerstören, so wie sie höher wachsen, auch immer enger sich zusammenziehen. Endlich ist die letzte höchste Spitze der Insel in den Fluthen versunken und es bleibt nichts als die ringsförmige Korallenbank, welche ein gegen die Brandung und den Wellenschlag gesichertes Binnenwasser umschließt. Tritt dann einmal eine Senkung ein, die zu schnell vor sich geht, als daß die bauenden Korallen mit ihrer Arbeit nachkommen könnten, so ist dadurch ein kreisförmiges brandendes Riff unter Wasser gegeben, wie sie Cock zuerst entdeckte. Alle, auch die scheinbar unbedeutendsten Eigenheiten im Bau der Koralleninseln laſſen ſich auf dieſe Weiſe vollſtändig erklären, ich müßte aber fürchten durch zu große Detaillirung zu ermüden. Ich wende mich zu denen, welche dieſe ganze Anſicht, daß ohne offenbare Vulkane Inſeln ſich langſam heben oder ſenken konnten, als abenteuerlich um ſo mehr verwerfen möchten, da es hier ſich keineswegs um eine einzelne kleine Inſel, ſondern um ganze Gebiete der Südſee und des oſtindiſchen Meeres handelt, welche viele tauſend Quadratmeilen umfaſſen. Wir ſind gewohnt das Land als das Feſte, das Meer als das Bewegliche anzuſehen, und gleichwohl iſt die Sache in den Augen des Naturforſchers gerade umgekehrt. Das Meer behält ſeine gleiche mittlere Höhe unverändert bei, während das Land gegen dieſes unveränderte Niveau ſeine Lage vielfach verändert. Darwin hat durch ſeine Beobachtungen nachgewieſen, daß in der Südſee große Streifen neben einander liegen, auf denen abwechſelnd Hebung und Senkung Statt findet. In eine ſolche Region des Sinkens gehört auch Neuholland. Dieſer ſeltſame Welttheil, weit entfernt ein neues junges Land zu ſeyn, iſt vielmehr mit ſeiner wunderlichen, faſt aller Verwandtſchaft entbehrenden Flora, mit ſeiner nicht minder abweichenden, in mannigfacher Beziehung lebhaft an längſt vergangene Bildungsperioden der Erde erinnernden Thierwelt ein alter ſchwacher abſterbender Greis, den die Fluthen allmählig begraben. Daß bei vulkaniſchen Ausbrüchen neue Berge und Inſeln, d. h. Berge des Meeresbodens, entſtehen können, iſt zu bekannt, als daß es nöthig wäre an die unzähligen Beiſpiele von den trözeniſchen

Hügeln bei Methone bis zum Jorullo in Mexico, von den neuen Inseln bei Santorin bis zur neuen Insel bei Umnak unter den Aleuten zu erinnern. Daß bei heftigen Ausbrüchen und Erdbeben ganze Landstriche bedeutend gehoben werden, ist durch die genauesten Beobachtungen in Chile festgestellt und ebenfalls oft genug schon besprochen. Die durch eine solche Hebung, während des Erdbebens vom 20. Februar 1835, veränderte Beschaffenheit des Meeresgrundes veranlaßte den Untergang der von Capitain Fitzroy befehligten Fregatte „Challenger", in Folge dessen der Capitain vor ein Kriegsgericht gestellt, aber natürlich freigesprochen wurde. Bei Weitem unglaublicher als jene Umänderungen, bei denen wir so mächtige Kräfte ins Spiel treten sahen, erscheint es dagegen, daß ohne alle Krämpfe der Erde, ohne daß irgend eine auffallende Erscheinung den Menschen aufmerksam machte, ganze Landstriche sich erheben oder versinken können, und gleichwohl ist es unbestreitbar wahr und trifft vielleicht den größten Theil der ganzen Erde. Begreiflicher Weise ist es nur selten möglich, solche unmerkliche Veränderungen im Binnenlande nachzuweisen und es sind mir nur zwei Andeutungen der Art bekannt. Die eine rührt von Boussingault her, der aus seinen Messungen der Schneelinie an den Cordilleren von Bogota, verglichen mit den 50 Jahre früher von Alexander v. Humboldt angestellten, schließt, daß diese Berge sich seit jener Zeit gesenkt haben müßten, weil die Schneelinie an ihnen ohne erkennbare klimatische Ursache weiter hinaufgerückt sey. Die andere Nachricht ist eine Sage, welche in der Umgebung von Jena lebt, dahin gehend, daß man den Jenaer Stadtthurm jetzt von entfernten Punkten aus wahrnehme, von wo aus derselbe noch vor 80 Jahren wegen der zwischenliegenden Berge nicht sichtbar gewesen sey. Wahrscheinlicher ist indeß in diesem letzten Falle, daß das Wegschlagen eines dazwischen liegenden Gehölzes, des sogenannten Schlägerhölzchens auf dem Landgrafen, diese Erscheinung veranlaßt hat. Leicht lassen sich indeß solche Hebungen und Senkungen des Landes an den Küsten durch das sich nach hydrostatischen Gesetzen immer gleichbleibende Niveau des Meeres nachweisen. — Schon zu Celsius' Zeiten war es in der Ueberzeugung der Bewohner der West- und Ostküste Schwedens eine festgestellte Thatsache, daß sich das Wasser von dem Lande zurückziehe. Celsius selbst stellte ausführliche Nachforschungen deßhalb an und die Sache wurde dadurch außer allen Zweifel gestellt, obwohl die richtige Erklärung, daß sich nämlich ganz Schweden, mit Ausnahme von Schonen südwärts von Sölvitsburg, langsam aus dem Meere emporhebe, erst durch Leopold von Buch ausgesprochen wurde. Selbst das Maß dieser Erhebung wurde schon von Celsius ziemlich genau auf 3 Fuß im Jahrhundert festgestellt, so daß man voraussichtlich in einigen tausend Jahren von Stockholm nach Abo trocknen Fußes wird hinüber gehen können. Diese Erhebung wird von Norden nach Süden immer geringer; Schonen und Bornholm stehen fest, darüber hinaus dagegen in Jütland hat man entschiedene Beweise vom allmähligen Sinken des Landes, und auch auf die Ostseeküste von Preußen scheint sich dieser allmählige Untergang auszubehnen — Die erwähnte eigenthümliche Erscheinung ist indeß keineswegs auf diese Gegenden allein beschränkt. Während der berühmte englische Geologe Lyell ähnliche Regionen der allmähligen Hebung und Senkung an der Ostküste Amerikas nachgewiesen hat, sind gleiche Thatsachen auch für das übrige Europa zum Theil lange bekannt, nur nicht immer im Zusammenhange aufgefaßt und gewürdigt. Fast die ganze Westküste von Schottland und England zeigt oft bis zu einer Höhe von 500 Fuß, ja bei Moel Tryfane in Caernarvonshire selbst von 1000 Fuß über dem Meeresspiegel reihenweise übereinanderstehende Küstenbänke, welche dieselben Muscheln enthalten, die noch jetzt in dem benachbarten Meere leben. Aller angewendeten Mühe ungeachtet wird der ehemals vortreffliche Hafen von Hithe in Kent gegenwärtig vom Vieh beweidet, statt von Schiffen befahren. Diese offenbaren Beweise allmähliger Hebung des Landes, die leicht durch unzählige Beispiele vermehrt werden könnten, verschwinden aber gegen die Südspitze von England völlig, und gehen wir weiter nach Süden hinab, so treten uns die entgegengesetzten Erscheinungen deutlich vor Augen. Sowie in der Südsee die Korallenthiere, so kämpfen an den nördlichen Küsten von Deutschland und Holland die Menschen, um ihren beständig sinkenden Boden gegen die eindringenden Fluthen durch Dämme, die sie fortwährend erhöhen müssen, zu erhalten. Bis jetzt freilich nicht mit dem glücklichsten Erfolg. Das ehemals so ausgedehnte Ostfriesland wurde 1240 theilweise ein Raub des Meeres, welches ein damals noch 6 Stunden im Umfang haltendes Stück, die Insel

Nordstrand, davon losriß. Am 11. October 1638 wurde auch diese zum Theil verschlungen und es blieben nur die ganz kleinen Inseln, das jetzige Nordstrand und Pelworm, übrig. Aehnliches gilt von der ganzen Inselreihe, welche sich längs der Küste der Nordsee hinzieht, die immer mehr und mehr zerstückelt und vernichtet wird. 1277 entstand durch Einbruch des Meeres der Dollart und der Zuyderfee und 1421 der Biesbosch. 1532 unterlag der östliche Theil von Südbeveland mit den Städten Vorselen und Remersvalen und zahlreichen Dörfern den vordringenden Gewässern, so wie 1658 die Insel Orisant nordöstlich von Nordbeveland. An der ganzen jütischen Ostküste zeigen submarine Wälder und sichtbar cultivirter Boden unter dem Wasser das Sinken des Landes an. — Aber neben diesem im Sinken begriffenen Streifen gibt uns die Westküste von Frankreich wieder ein anderes Bild. In Bourgneuf bei La Rochelle scheiterte 1752 ein englisches Schiff auf einer Austernbank, und dieses Wrack liegt jetzt mitten in einem bebauten Felde 15 Fuß über dem Meeresspiegel. Die Gemeinde dieses Orts hat allein in den letzten 25 Jahren dem Meere über 2000 Morgen bauwürdiges Land abgewonnen. Sonst landeten die Holländer ihr Salz in Port Bahaud, welches jetzt 1000 Fuß vom Meere entfernt liegt. Olonne, ehemals eine Insel, ist jetzt durch Wiesen und einige Moräste mit dem Lande verbunden. Aehnliches findet bei Marennes und auf Oleron Anwendung, und wenn wir diese Linie fortsetzen, treffen wir auf gleiche Erscheinungen am mittelländischen Meere. 1248 schiffte sich Ludwig der Heilige in dem damals berühmten Hafen von Aigues Mortes ein, der jetzt eine Stunde vom Meere liegt. Gehen wir weiter nach Italien, so ließen sich von Rom und Neapel interessante Beispiele aufführen. Hier steht besonders der berühmte Tempel des Serapis bei Puzzuoli, dessen 3 Säulen in bedeutender Höhe einen breiten Streifen zeigen, der von Bohrmuscheln angefressen ist, ein unwidersprechliches Zeugniß von einer früheren Senkung bis zu dieser Tiefe, während er sich erst später wieder gehoben hat. Göthe hat in seinen naturwissenschaftlichen Studien auch diesen Tempel zum Gegenstande seiner Beobachtungen gemacht; aber leider war ihm sein wissenschaftlicher Genius nicht so hold wie seine Muse und er hat hier wie in so manchen anderen Fällen bedeutend fehlgegriffen. Gegenwärtig zeigt der vom Wasser überfluthete Tempelgrund ein abermaliges Sinken des Bodens an und nicht fern davon erzählt ein alter Mönch bei den Capucinern, daß er in seiner Jugend noch im Weingarten des Klosters Trauben gepflückt, wo jetzt an derselben Stelle sich lustig die Fischerboote schaukeln. Doch ich will diese Gegenden verlassen, in denen die Bewegungen des Landes entschieden mit vulkanischen Erscheinungen zusammenhängen, und wende mich lieber zum adriatischen Meere.—Bekannt ist, welche unermeßliche Mengen von Schlamm und Gerölle der Po jährlich in den untern Winkel des adriatischen Meeres schleudert, und eine Abnahme des Wassers, eine Erhöhung des Meeresbodens wäre hier eine sehr natürliche Erscheinung. Sie findet auch in der That in gewisser Weise Statt; aber um so mehr muß es uns überraschen, wenn uns die unwiderseglichsten Beweise vorliegen, daß das ganze Land nichts desto weniger sinkt. Allmählig zwar, aber unaufhaltsam taucht die alte ehrwürdige Dogen=stadt Venedig in den Abgrund des Meeres. Schon als 1722 das Pflaster des St. Marcusplatzes um 1^1 Fuß erhöht werden mußte, fand man beim Aufreißen des Bodens noch ein 5 Fuß tieferes Pflaster, welches damals etwa 3 bis $3\frac{1}{2}$ Fuß unter dem Wasserspiegel lag, und jetzt läuft schon wie=der jedes Hochwasser in die Magazine und Kirchen dieses Platzes hinein. Nicht minder deutliche Beweise gibt Triest. Bei Zara liegen die schön=sten Mosaikpflaster unter dem Wasser. Auf der Südspitze der Insel Bragnitza erblickt man bei ruhiger See eine ganze Reihe geordnet neben einander stehender Steinsarkophage. Dieselben Erscheinungen können wir längs der ganzen Küste von Dalmatien verfolgen. — Kaum hatte der Eng=länder Wilde durch äußerst sorgfältige Beobach=tungen an Ruinen und durch Vergleichung ge=schichtlicher Angaben nachgewiesen, daß die ganze Küste Kleinasiens von Tyrus bis Alexandrien seit den Zeiten der Römer langsam in das Meer ver=sinke, so gab Murchison in seiner Geologie von Rußland die sichersten Thatsachen dafür an die Hand, daß das nördliche Rußland und Sibirien seit der Zeit als in jenen Ländern die mächtigen Mammouths lebendig begraben wurden, sich un=unterbrochen und stetig aus den Fluthen des Eis=meeres hervorheben, und noch ganz vor Kurzem hat Dr. Pingel aus Kopenhagen das allmählige Eintauchen Grönlands in das Meer durch zahl=reiche Beobachtungen nachgewiesen. Kurz, wo=hin sich die durch Celsius und Leopold von Buch aufmerksam gemachten Geognosten jetzt mit ihren Forschungen wenden, zeigt sich ein Aufsteigen oder Versinken des Landes und das Studium der Geologie läßt uns erkennen, daß diese Erscheinungen durchaus nichts Neues in der Geschichte unseres Planeten sind, sondern daß wenigstens viele Hunderttausende von Jahren rückwärts dasselbe Spiel die Geographie der Erde bestimmt und verändert hat. — Wir mögen den Stundenzeiger einer kleinen Taschenuhr mit noch so aufmerksamen Augen betrachten, wir werden doch nicht im Stande seyn, sein Fortrücken wahrzunehmen, weil dazu erforderlich ist, daß in einer gewissen Zeit ein bestimmter nicht zu kleiner Raum durchlaufen werde. Gleichwohl ist die Bewegung des Stundenzeigers nicht gewisser und wirklicher als die Bewegung des Bodens unter unseren Füßen, welche wir ebenfalls nicht unmittelbar beobachten können, weil dieselbe zu langsam erfolgt, um in die Augen zu fallen.

Nach der von Menschen geschriebenen Geschichte spielt sich das Drama der menschlichen Entwicklung auf dem Boden des sogenannten festen Landes ab. Wie contrastirt gegen die angeblich unveränderliche geographische Grundlage die Beweglichkeit und Rührigkeit des Menschengeschlechtes; Berg und Thal bleiben dieselben, aber welcher Veränderungen und Entwicklungen ist nicht die Menschheit fähig und wie groß sind nicht die Fortschritte, welche sie schon zurückgelegt hat. — Vielleicht, vielleicht auch nicht! — Es kommt am Ende nur auf den Standpunkt an, von welchem wir die Dinge betrachten. — Durch die Anwendung der Dampfkraft ist es dem Menschen möglich ge-

worden, gewissermaßen über dem Raume erhaben
zu seyn und die Anschauung zweier sehr entfernter
Orte in einer verhältnißmäßig kurzen Zeit mit
einander zu verknüpfen. Nach den Versuchen der
Ingenieurs auf der great western rail road
in England würde es möglich seyn, auf gradem
Wege in 2 und einer halben Stunde London mit
Paris, in anderthalb Stunden Hamburg mit
Berlin zu vergleichen. Nehmen wir einmal an,
es wäre dem Menschen vergönnt, sich in gleicher
Weise von der Zeit unabhängig zu machen, was
Jahrhunderte auseinander liegt, in Eine Auffas=
sung zu verknüpfen, und die Geschichte unserer
Erde mit dem Auge dessen anzusehen, vor dem
Jahrtausende ein flüchtiger Augenblick sind, —
wie anders wäre dann der Anblick! Das scheinbar
Feste und Bleibende würde mit dem so beweglich
und veränderlich Scheinenden die Rollen tauschen.
Wir sähen das Land dem sturmbewegten Meere
gleich auf= und abwogen, hier erscheinen, um im
nächsten Augenblick wieder in die Fluthen zu
versinken; hier Berge sich aufthürmend, dann zer=
fallend und eine Secunde darauf wieder zurück=
gewaschen in das gleichgültig unveränderliche
Meer. — Und die Menschheit? Durch alle vor=
überrauschende Jahrtausende zeigt sie uns dasselbe
stehende Bild. Auf Gassen und Plätzen, in
Tempeln und Kirchen ist die schweigende Menge
versammelt um Einen großen Lehrer, der von
Christus auf Luther, von Cong=fu=tse auf Kant
dieselben Lehren der Weisheit denselben tauben
Ohren predigt. — So war es, so wird es seyn!
Nur die Natur hat eine lebendige Geschichte des
Werdens. Die Menschheit steht still und in jedem

Einzelnen beginnt der alte tausendjährige Kampf zwischen Neigung und Pflicht immer wieder von Vorne.

Betrachtungen und Schilderungen.

An den auf Erden lebenden Menschen wird eine gedoppelte Anforderung, für geistige Thätigkeit und Entwicklung, gestellt. Die eine betrifft das ethisch-religiöse Element, die andere seine wissenschaftliche Ausbildung. Beide greifen ineinander und unterstützen sich gegenseitig; beide sind aber ihrem Ursprung, ihrem innersten Wesen nach ganz getrennt und haben eine unendlich verschiedene Bedeutung, entsprechen einer unendlich verschiedenen Werthgebung für den Menschen. — Die ethisch-religiöse Entwicklung bezieht sich auf den ewigen und unverderblichen Antheil des Menschen, auf seine ewige Seele, also auf das eigentliche nie aufhörende Ich. Hier stellt sich eine allgemeine und nothwendige Anforderung an jeden Menschen, es ist der Punkt, wo wir Alle vor Gott gleich, gleich berechtigt und gleich belastet sind, und zwar deshalb gleich, weil die einfachste Selbstverständigung schon hinreicht, die Aufgabe, das Ideal vollkommen und rein zu fassen und auszusprechen. Wir finden deshalb hierin auch keinen nennenswerthen Fortschritt in der Geschichte der Menschheit. Von den ältesten bis auf die neuesten Zeiten sind hier die Anforderungen in gleicher Weise, nur bald so, bald so im Ausdruck verschieden geformt, klar und bestimmt hingestellt worden. Hier ist allerdings das Wichtigste für den Einzelnen, jenen Anforderungen zu entsprechen und sich dadurch, daß er ihnen entspricht, als Mensch im edleren Sinne des Wortes, als ein zur höheren Vollendung und zu ewiger Dauer bestimmtes Wesen zu legitimiren. Ohne diese Legitimation hat er keine Berechtigung auf Achtung, auf Anerkennung irgend einer Art, und möchte er in Bezug auf den zweiten, gleich zu erwähnenden Punkt eine auch noch so hohe Stufe erstiegen haben. — Die zweite Anforderung, die an die Menschen gestellt ist, bezieht sich dagegen auf ihre Ausbildung für ihren beschränkten Standpunkt auf der Erde. Hier ist die Aufgabe, jede körperliche und geistige Seite unseres Wesens zur vollkommensten Ausbildungsstufe zu erheben, um dadurch die Erreichung des erstgenannten Ziels zu erleichtern und zu sichern. Hierher gehören alle Wissenschaften, die die Verhältnisse für Staat und Kirche, für Natur und Kunst, Genuß und Bequemlichkeit ordnen und fördern; Alle zusammen, mag man sie übrigens unter den Menschen hoch oder niedrig schätzen, stehen darin auf einer und derselben nichtigen Stufe, daß ihre Bedeutung sogleich mit diesem Leben aufhört, daß sie nur hier auf unserem kleinen Sonnenstäubchen der Erde Geltung und Werth haben. Hier mag Einer Großes geleistet haben, es gibt ihm nicht den leisesten Anspruch auf meine Achtung, meine Anerkennung, wenn er der höhern Anforderung sittlich religiöser Ausbildung nicht nachgekommen ist. Was er etwa als Künstler, als Gelehrter geleistet, ich nehme es an und verwende es für meinen Nutzen, aber ohne Dank, wie ich das Geldstück einstecke, was ich finde, während ich den Schmutzwisch, in den es gewickelt war, mit Ekel von mir werfe. Was auf jenem Gebiete erlangt wird, beschließt sich im Individuum, mit dem dieselbe Entwicklung stets wieder von Neuem beginnt, gibt ihm und nur ihm einen Werth. Was hier allmählig errungen ist, gehört nicht dem Einzelnen, sondern der Menschheit, und eine Zeit knüpft da an, wo die vorige aufhörte. Die Leistung des Einzelnen hat zwar Werth für die Menschheit, sie verleiht aber dem Einzelnen selbst keinen Werth. Auf der andern Seite darf ich meine Achtung, meine Anerkennung eines edlen, geistigen Wesens auch dem nicht entziehen, der durch sittlich religiöses Leben seine Berechtigung auf diese Anerkennung erwiesen hat, mag er auch noch so wenig in irgend einem anderen Zweige menschlicher Ausbildung erreicht haben. Die letztere Anforderung ist nämlich keine nothwendige und gleiche für alle Menschen, sondern vielfach modificirt, nach unzähligen Abstufungen in äußeren Bedingungen, in Hemmungen und Begünstigungen. Sie ist deshalb keine allgemein gleiche und nothwendige, weil hier gerade umgekehrt die Erkennung der Aufgaben, die Stellung der zu lösenden Fragen, das bei Weitem Schwierigste ist und natürlich nur von dem eine richtige Antwort erwartet werden kann, dem die richtig gestellte Frage vorsag. Insbesondere gilt dies nun aber für alle naturwissenschaftlichen Disciplinen, und man könnte mit wenig Uebertreibung sagen, fragt nur richtig, so bleibt die Naturwissenschaft keine Antwort schuldig. Ihre Mangelhaftigkeit, ihr verhältnißmäßig noch so beschränkter Standpunkt liegt nur darin, daß die Fragen so schwierig richtig zu stellen sind. Es sammeln sich Reihen von Thatsachen, die sichtbar verwandter Natur sind; wird ihre Menge bedeutend, so faßt man sie in systematischer Ordnung zu einer sogenannten Wissenschaft zusammen, aber die Forscher irren ohne Halt und Ziel hierhin, dorthin, das Material wird angehäuft und dennoch kommt die Wissenschaft um keinen Schritt weiter. Da tritt ein mit eminentem Genie begabter Mann oder oft auch nur ein durch den Zufall begünstigter Glücklicher dazwischen und nennt das Räthsel, um dessen Lösung man sich schon lange gequält, ohne es noch zu kennen, und nun plötzlich richtet sich alle geistige Kraft der Forscher diesem einen Punkt zu, Schlag auf Schlag fallen die Schranken, mit Riesenschritten geht die Wissenschaft vorwärts, bis sie wieder überall den Ausweg verschlossen, überall eine gleiche und undurchdringliche Mauer sich entgegengestellt sieht, und nun auf höherer Stufe dieselbe Entwicklungsgeschichte aufs Neue durchmachen muß, bis abermals ein neuer Führer an die rechte Stelle klopft, wo die Mauer hohl klingt und dadurch die Möglichkeit eines weiteren Fortschritts verräth. — So haben wir auf dem ethisch-religiösen Gebiete Aufgaben, aber wir suchen die Wissenschaften, die ihre Lösung sichern; — auf der andern Seite dagegen haben wir zahlreiche Wissenschaften, die sich aber stets im Kreise herumdrehen, bis bald dieser, bald jener von der Vorsehung eine neue Aufgabe genannt und sie so zu einem Fortschritt befähigt wird.

Im Beginn der Entwicklung finden wir stets eine innige und völlige Verschmelzung von Physik und religiöser Weltanschauung und jede ursprüngliche Darlegung der frommen Gefühle des Menschen ist Naturdienst. So spricht sich in den ägyptischen Culten der Isis und des Osiris, der heiligen Thiere gar nicht zu gedenken, unmittelbar unter der Form der Gottesverehrung, die Anerkennung der für den Aegypter wirksamsten und segenreichsten Naturkräfte aus, so gestaltet sich aus der üppigen Natur Indiens die bilderreiche Naturgeschichte des Brahmanenthums und auf den lichten, sonnigen Höhen Irans und Turans betet der Mensch die lichtbringende Sonne und ihr Symbol das Feuer an, während man in der nordischen Mythologie unschwer den Kampf des eisigen Winters und seiner Stürme mit dem kurzen Sommer erkennt. Am schönsten, feinsten und durchgebildetsten erscheint uns aber diese Naturreligion bei den geistig so hochbegabten Griechen, in deren im Ganzen trocknem heitern Lande das ganze Gedeihen der organischen Welt an die locale und jährliche Vertheilung der Feuchtigkeit gebunden war und so in der vergötternden Personiſtirung des heitern Zeus, der wolkenbringenden Here, des wärmenden Apollo, des blitzenden Hephaiſtos und ſofort eine wunderbar ſchöne Geſtaltung und Verſchmelzung von Religion, Phyſik und Poeſie, ein Mythos geſchaffen wurde, deſſen Reichthum und plaſtiſche Schönheit eine nie verſiegende Quelle des Genuſſes für alle Zeiten ſeyn wird. — Aber dieſes Verhältniß kann nur auf einer gewiſſen Bildungsſtufe der Menſchheit beſtehen. Der forſchende Vorwitz des Menſchen läßt ihn bald am Iſisſchleier der Natur zerren und je mehr es ihm gelingt denſelben zu lüften, deſto mehr ſchwinden die Götter aus ſeiner unmittelbaren Umgebung, von der Erde und endlich auch aus dem Sternenhimmel und die ganze Natur mit ihrem Getriebe von Kräften und Stoffen fällt der gemeinen Deutlichkeit der Dinge, der entgeiſternden Phyſik anheim. Es bleibt keine Subſtanz, nichts Weſentliches in der Natur zurück, was eines Gottes bedürfte, einen Gott enthielte; unter werthloſen, unveränderlichen Naturgeſetzen läuft das Uhrwerk ab und zieht ſich auf, ohne Bedürfniß, — aber auch ohne Schönheit, ohne Freude. — Aber ſeltſam! der Naturforſcher beweiſ't ſich unwiderleglich: es gibt in der Natur keine Farbe, ſondern nur Aetherwellen verſchiedener Länge, es gibt keinen Ton, ſondern nur Luftſchwingungen, die ſich langſamer oder raſcher folgen und ſo fort — und doch entzückt ihn zugleich das Farbenſpiel des Regenbogens, doch ſchwellt das tiefe Flöten der Nachtigall ſeine Bruſt mit Sehnſucht, doch kann er von dem ganzen Haufwerke seelenloser Massen, die als Landschaft vor ihm liegen, den goldenen Duft der Morgenröthe nicht abstreifen, wodurch sie ihm lieblich zum Herzen spricht oder in ihrer Erhabenheit seine Seele fortreißt über die Grenze der Raumwelt; wohin? er weiß es nicht, nur sein Gefühl pocht darauf: es muß ein Jenseits geben; aber wo liegt dieses? — Nicht im Raume, nicht in der Zeit. Zwar ist das Paradies der Völker, wie des Einzelnen, wenn auch nicht räumlich, doch zeitlich zu ermitteln. Das Eden des Menschen ist eben jene erste ursprüngliche Stufe, wo er sich noch keine Rechenschaft gegeben über seinen Zustand, seine Stellung zur Natur, wo ihm Gott und Natur noch als Eins erscheinen, weil er von beiden falsche Vorstellungen hat, die er sich nach Analogie seiner eigenen Natur ausführt, Vorstellungen, welche Natur und Gottheit einander nahe bringen, weil sie jene zu hoch und diese zu niedrig stellen. Aber die Lage des Jenseits, welches der gebildete Mensch erstrebt, wird durch kein Wo und kein Wann bestimmt. — So lange und so weit die Natur dem Menschen noch unerklärlich und unverständlich ist, sucht er hinter diesem von ihm nicht Durchschauten ein ihm gleiches geistiges Wesen, er belebt die Nachtseiten der Natur mit den von ihm selbst geschaffenen Geistern oder Gespenstern, die aber schnell vor dem Lichte der Wissenschaft entfliehen. Auf der anderen Seite läßt ihn das Bedürfniß seines Herzens nach einer Macht suchen, in deren verständiger Lenkung der Begebenheiten er Schutz gegen das

Spiel des Zufalls oder die Tyrannei des Schicksals finden könne, und diese Macht zeichnet er sich nach dem Höchsten, was er bis dahin kennen gelernt, nach dem Besten, Weisesten der Menschen und fügt diesem Bilde nur noch die Herrschaft über die Erscheinungen hinzu, in denen er zuerst Zufall und Schicksal fürchten lernte, nämlich über das Spiel der Naturkräfte. Immer aber bleibt der Mensch mit seinen Vorstellungen von Gott in dem Kreise des Menschlichen und deshalb fühlt er sich dem selbstgeschaffenen Gotte immer noch verwandt genug, um, wenn auch nicht für sich, doch für seine glücklichern Vorväter ihre gerade Abstammung von den Göttern oder ihren unmittelbaren Umgang mit denselben in Anspruch zu nehmen. — Je weiter nun der Mensch in seiner Ausbildung und Entwicklung fortschreitet, desto klarer, durchsichtiger, verständlicher wird ihm die Natur, aber desto weiter wird auch sein Abstand von Gott und desto unbegreiflicher wird ihm derselbe. Dem am Höchsten gebildeten Menschen ist Gott am unbegreiflichsten, denn er ist sich bewußt, daß jede Vorstellung, sey es welche es wolle, die er sich vom höchsten Wesen entwirft, demselben durchaus in keiner Weise entsprechen kann; aber nur Wenige erreichen diese Stufe der Ausbildung, nur Wenige sind so weit mit sich selbst verständigt, daß sie sich ruhig bescheiden, daß der Menschen Wissen nie dahin reicht, wo Gott und Unsterblichkeit wohnen. O! des thörichten Hochmuthes der Menschen, die, um sich selbst nur nicht zu klein zu finden, lieber das höchste Wesen

zu sich in den Staub menschlicher Verständlich=
keit herabziehen möchten.

Wie aber finden wir uns hier zurecht und zu
unserer Aufgabe selbst zurück? — Ich meine auf
folgendem Wege. Die ganze Natur zeigt sich
uns in Raum und Zeit gebunden und eben des=
halb erscheint sie uns auch mit Nothwendigkeit
als nichtig und unwürdig. In unserm Herzen
selbst lebt unabweisbar die Forderung nach etwas
Vollendetem, Unveränderlichem, wir fühlen uns
zu dem Ausspruch berechtigt: „nur das Voll=
kommene besteht wirklich; aber was im Raum
ist, ist auch wie der Raum selbst ohne Grenzen,
nirgends abgeschlossen, nirgends fertig, unendlich,
d.h. unvollendbar; was in der Zeit ist, gehorcht
dem Gesetz der Veränderung, oder der Aufei=
nanderfolge verschiedener Zustände. In Raum und
Zeit dürfen wir also Das nicht suchen, was un=
serem Herzen Befriedigung gewähren soll, das
wahrhaft Seyende, Vollendete; die allein wirk=
liche Gotteswelt ist nicht die uns umgebende Na=
tur. — Nun denn, so wäre Alles, was uns an=
schaulich entgegentritt, nichts als ein neckender
Fiebertraum, ein leerer, wesenloser Schein? —
Wohl hat es Leute gegeben, welche zu diesem selt=
samen Schlusse gekommen sind, der auch nach
dem, was wir bisher erörtert, vielen Schein für
sich zu haben scheint. Aber der Schein gilt auch
nur dem mangelhaft über sich selbst verständigten
Menschen. Forschen wir nämlich weiter, so kom=
men wir bald auf die Entdeckung, daß Raum und
Zeit überall nichts den Dingen selbst Angehöri=
ges sind, sondern nur zu der Art und Weise ge=

hören, wie wir menschlich beschränkt die Dinge auffassen und, so lange wir eben Menschen bleiben, auch aufzufassen gezwungen sind. Raum und Zeit sind gleichsam die gefärbte Brille, welche wir Alle von der Wiege bis zur Bahre tragen, ohne sie jemals ablegen zu können, was der Macht auch des Gebildetsten unmöglich ist. Aber der wahrhaft Gebildete kann es wohl dahin bringen, einzusehen, daß er eine Brille trägt, welche ihm die Dinge nicht so zeigt und nicht so zeigen kann, wie sie in der That an sich sind. — Nun, dann schließen wir weiter: so ist es doch das Reich Gottes, welches uns umgibt und aufnimmt und nur unserem menschlich beschränkten Standpunkte, unseren umdüsterten Blicken ist es zuzuschreiben, daß wir mit dem Scheine der größten Wahrheit, mit mathematischer Gewißheit nämlich, diese Welt so auffassen, als ob sie dem ewigen und heiligen Urheber der Dinge entfremdet wäre. Ein Nebelschleier, den wir nicht zu heben vermögen, macht uns die Anschauung des Göttlichen in der Natur unmöglich, aber es wird, es muß ein Zustand kommen, wo Raum und Zeit, diese Schranken unserer menschlichen Auffassungsweise, fallen und wir schauen, was wir jetzt nur ahnen.

„Wir sehen jetzt durch einen Spiegel, in einem dunkeln Wort, dann aber von Angesicht zu Angesicht."

Jene scheinbar so feste, klare mathematische Auffassung der Natur, und mit ihr alle Wissenschaft, ist also im Grunde die dürftigste, niedrigste, unwahrste, weil sie nur die menschlich beschränkte ist. Aber so wie der dem Menschen erscheinende

Natur die hehre Gotteswelt zum Grunde liegt, so lebt auch in uns, ungeachtet unseres menschlich beschränkten Zustandes, der göttliche Funke, nicht erloschen, sondern nur für die Zeit durch Staub und Asche bedeckt. Dieser Funke, die Sehnsucht nach dem Ewigen, Unverderblichen, fordert zu seiner Befriedigung das ihm Gleichartige, und ahnt in der Erscheinung das Wesen, im **naturgesetzlichen Mechanismus** der todten Massen das **freie Göttliche**, und was er niemals in deutlichen **Begriffen auszusprechen** vermag, lebt gleichwohl als sein edelstes Erbtheil in den **Gefühlen** seines Herzens. Das eben ist es, was ihm als unerklärbar, unbegreiflich in der Natur entgegentritt, was sich jeder wissenschaftlichen Behandlung entzieht und doch als ein Besseres, Höheres denn alle Wissenschaft ankündigt, das ist es, was uns als **Schönheit** in der Natur mit unendlichem Entzücken erfüllt, oder als **Erhabenheit** mit unaussprechlich heiligen Schauern durchbebt.

Und hier schließt die Entwicklung zu einem Ring zusammen; auf der höchsten Stufe der Bildung gewinnen wir mit Bewußtseyn und geläuterter Einsicht Das wieder, womit unbewußt der kindliche Verstand begonnen. Naturbetrachtung wird wieder Gottesdienst. Aber erst nachdem wir alles Ungöttliche, Menschliche, alles wissenschaftlich Erklärbare, gemein Begreifliche aus der Natur abgeschieden haben und nichts geblieben ist als das Geheimniß der **Schönheit**. In ihr geht uns die Ahnung einer höhern Bedeutung aller Erscheinungen auf, ihre Anerkennung ist Cultus, ist der reinste und höchste Gottesdienst, zu welchem der Mensch sich erheben kann, in ihr wird uns die unmittelbarste Offenbarung des Heiligen, deren der Mensch fähig ist. — Laßt uns, um Mißverstand vorzubeugen, noch hinzufügen, daß die Schönheit der äußern körperlichen Natur nicht die höchste ist, die uns im Leben begegnet. Es gibt noch Edleres als die Körperwelt, das ist der Geist des Menschen; Schönheit der Seele und die edelste Blüthe derselben, reine Liebe, ist ein noch vollkommnerer Abglanz des Göttlichen und nicht aus der Körperwelt, aus dem innersten Leben des Menschengeistes entlehnen wir daher unsere höchsten Symbole.

Ich kann es mir nicht versagen, noch kurz eine Schilderung der, wenn auch dürftig bevölkerten, doch bewohnten tartarischen Steppen am Pontus zu versuchen. Nicht überall bieten dieselben eine gleichmäßige Fläche dar, die vielmehr durch die Durrinas, niedrige Buschpartien aus Schlehen, Weißdorn, Hagebutten und Brombeeren unterbrochen wird. Aber auch die übrige Vegetation wird noch von den Kleinrussen, nach ihrem Nutzen für die Viehzucht, in zwei wesentlich verschiedene Gruppen getheilt, in die „Truwa", den Rasen, und den „Burian", die struppigen hochaufschießenden Kräuter, die wegen ihres holzigen Stengels keine Nahrung für die Steppenheerden sind. Unter den Gräsern bildet das Federgras *) die Hauptpflanze. Gleich nach der Blüthe streckt es seine langen zartgefiederten Grannen, den feinsten Marabout federn nicht unähnlich, aus der Aehre heraus, sich weit über die Büschel schmaler, dürrer Grasblätter erhebend. Je älter die Steppe, desto höher entwickelt sich der holzige Wurzelstock über den Boden, zum Aerger der mähenden Bauern. Wer nur wenige Meilen in der Steppe gereist ist, hört schon das Wort Burian. Auf den Burian schilt der Hirt mit seinen Rindern und Pferden, über den Burian jammert der Ackerbauer, der Burian ist der Fluch des Gärtners und der Trost der Köchin. Denn bei dem für gewisse Pflanzen, wir nennen sie Unkräuter, eigenthümlich fruchtbaren Boden der Steppe schießen diese bis zu einer unglaublichen Höhe heran, wo irgend die Cultur den festen Boden, den sie meiden, gelockert hat, und ihr einziger Nutzen ist der, daß sie im Herbste abgedörrt zugleich das einzige Brennmaterial in dieser öden Gegend liefern. Vor Allen zeichnen sich, wie in den Pampas von Buenos=Ayres, auch hier die Disteln aus, die bis zu einer Größe, Entwicklung und Verzweigung kommen, die in der That bewundernswürdig ist. Oft stehen sie kleinen Bäumen gleich neben den niedrigen Erd=

---

*) Scholkowoi Trawa (das Seidenkraut) in einigen Gegenden Deutschlands Federgras genannt, Stipa pennata.

hütten des Landmanns, oft bilden sie auf günstigen Bodenstellen ausgedehnte Gebüsche, selbst den Reiter zu Pferde überragend, der in ihnen rathloser ist, wie im Walde, da sie jeden Umblick verhindern und doch keinen Stamm darbieten, den man erklettern könnte. Neben der Distel erhebt sich mannshoch der Wermuth, untermischt mit der riesenmäßigen Königskerze, dem „Steppenlicht" der Kleinrussen. Selbst die kleine Schafgarbe wird mehrere Fuß hoch und wird nicht gering geschätzt, da sie von dem bei ärmlichem Vorrath die Hitzkraft des Burian sorgfältig prüfenden Bewohner als das beste Brennmaterial geschätzt wird. Von allen Pflanzen des Burian ist aber die characteristischste die, welche die Russen „perekatipole" den Springinsfeld, die deutschen Colonisten fast noch bezeichnender die „Windhere" nennen; eine dürftige Distelpflanze, zersplittert sie ihre Kraft in der Bildung zahlreicher, dürrer, dünner Zweiglein, die sich nach allen Seiten hin ausbreiten und ineinander verwirren. Bitterer als der Wermuth, wird sie auch im dürftigsten Hungerjahr von keinem Vieh berührt. Die Kuppeln, die sie im Rasen bildet, werden oft drei Fuß hoch, haben zuweilen 10—15 Fuß im Umfang und sind aus lauter zarten dünnen Aestchen gewölbt. Im Herbst fault der Stamm der Pflanze ab, die Zweigkugel trocknet zu einem großen federleichten Balle aus, den dann der Herbstwind durch die Lüfte über die Steppe führt. Viele solcher Bälle fliegen oft auf einmal über die Ebene, mit einer Schnelligkeit, daß kein Reiter sie einholen kann, bald hüpfen sie in kurzen raschen Sprüngen über den Boden, bald wirbeln sie in großen Kreisen übereinander wegkugelnd zu gespenstischem Reigen auf den Rasen fort, bald steigen sie plötzlich vom Wirbel gefaßt zu Hunderten hoch in die Luft. Oft häkelt sich eine Windhere an die andere, zwanzig andere gesellen sich hinzu, die ganze riesige und doch luftige Masse rollt vor dem pfeifenden Ostwind dahin. — Man braucht wahrlich keine Felsenschlünde, keine Bergwerke, oder heulende Seestürme, um Nahrung genug für den Aberglauben des Menschen zu finden. — Ein gefährlicheres Leben erhält die Steppe, wenn ein Landmann „sein Gehöfte gereinigt", d. h. den Burian auf demselben und alle Reste des durch die neue Ernte unbrauchbar gewordenen alten Strohs und Heus mit den darin enthaltenen Mäusen und anderem Ungeziefer in Brand gesteckt und dieser das dürre Gras der Steppe ergriffen hat. Im gewöhnlichen Grase fährt er wie eine Schlange mit mäßiger Raschheit dahin, hier ergreift er einen Burianbusch und mit gewaltigem Lärm, platzend und zischend, lodert die Lohe hoch gen Himmel, dann, eine Strecke mit üppigem Federgras erreichend, zuckt sie in zarten weißen Flammen auf, schwingt sich mit schrecklicher Gewandtheit über das wogende Feld, die Millionen zarter Federchen in wenig Augenblicken verzehrend. Zuweilen, zwischen zwei vegetationsentblößte Wege, oder zwischen Wasserrisse eingeklemmt, zieht sich die Flamme eng zusammen, fast dem Verschwinden nah, dann plötzlich eine neue Dürrgrasfläche erreichend, gewinnt sie neue furchtbare Kräfte, in ein weites Rauch= und Feuermeer aus= einandergehend, in welchem die höher und heller aufwirbelnden Feuersäulen die unglückseligen Stätten menschlicher Wohnungen bezeichnen. Auf unberechenbaren Kreuz= und Querwegen be= wegt sich ein solcher Steppenbrand oft acht und zehn Tage in einer Gegend umher, jedem ver= änderten Windzuge folgend, oft jedem noch so wohl überlegten Versuch zur Flucht Hohn spre= chend. Endlich kommt ein Regen und das mäch= tige Element des Feuers unterliegt dem noch mächtigeren des Wassers.

Aber die Steppe ist öde, der Vegetation be= raubt, was die Flamme verschonte, war ohnehin schon als Opfer dem eisigen Hauche des einbrin= genden Winters verfallen. Immer dichter und düsterer ziehen die Wolken heran, immer dichter fällt der Schnee und immer schneidender zieht der kalte Nord über die schutzlose Fläche. Der verspätete Reisende treibt hastig seine Pferde zur angestrengtesten Eile. Silberne Streifen erheben sich von der Ebene und steigen immer häufiger auf, der Wind fängt an zu heulen und zu sausen, die Luft erglänzt mehr und mehr von Kryftallen des Schnees und endlich wird dies Alles eine dichte dunkle Masse, die in einer Richtung fort= zieht, bis sie vom Wirbelwinde gefaßt sich im Kreise dreht, oder von den erhabenen Stellen der Steppe abprallt. Es ist der Buran, der Steppensturm; schon lange hat der entsetzte Führer seine Wahrzeichen erkannt und mit verzweiflungs= voller Kraft auf die allmählig ermattenden Pferde gepeitscht. Heftiger und schneller folgen sich die Schneewirbel, in wehendem Schwindel Alles umkreisend und betäubend, jeder Gedanke an Orientirung muß aufgegeben werden und blindlings überläßt man sich dem Zuge der Rosse, die nun selbst wie vom Wahnsinn gejagt durch die Ebene dahinfliegen. An dem Schlitten vorbei braust eine entsetzte Heerde und kaum erlaubt ein flüchtiger Blick, durch den dichten Schneestaub zu erkennen, wie sie blindlings in ihrer Angst einen Felsenabhang hinunterstürzt, an dessen Fuße im nächsten Frühling ihre zerschmetterten Gebeine bleichen werden.

Jede Hoffnung scheint verloren und der Untergang gewiß, schon bricht die Nacht herein, da ermattet der Sturm; die aufgejagten Schneemassen senken sich und plötzlich, wie er entstanden, legt sich auch nach kaum halbtägiger Dauer der Buran wieder, der Luftkreis wird noch einmal durch das abendliche Dämmerlicht erhellt und der erschöpfte Reisende sieht vor sich eine menschliche Wohnung. Bietet sie auch nur geringe Entschädigung für die ausgestandenen Beschwerden, so erlaubt sie doch wenigstens den Schlummer. Ein freundlicher Traum trägt den müden Wanderer in die ferne Heimath. An den freundlichen Ufern des sanft dahingleitenden Flusses wandert er durch üppige Wiesen, der Abend senkt sich herab auf die erwärmten Fluren. Feuchte Thaunebel erheben sich erquickend vom Boden und ziehen durch die Ufererlen und hüllen sie in ihren Schleier, Erlkönig und seine Töchter umschweben in neckisch=wechselndem

Spiel der Gestalten die altersgrauen Stämme der Weiden. Da bebt durch die duftige Abendluft ein leiser Klang. Die Glocke des heimathlichen Dorfes ruft den Heimgekehrten nach rastlosem Umherstreifen in der großen Gotteswelt, nach reichen Anschauungen, anregenden Abenteuern, spannenden Mühseligkeiten und wunderbaren Genüssen zurück zur Ruhe, — in das troß alles Dazwischenliegenden unvergessene und unvergeß= liche Paradies der Kindheit, in das Elternhaus, in die Arme der Mutter. —

Inhalts-Verzeichniß.

	Seite
Biographischer Umriß	5
Das Wasser und seine Bewegung	7
Das Meer und seine Bewohner	40
Betrachtungen und Schilderungen	78